WAAR DIE LEEUS AFRIKAANS VERSTAAN

Die beste van Weg

Gekies deur Bun Booyens

Tafelberg-Uitgewers

Tafelberg-Uitgewers
'n Afdeling van NB-Uitgewers (Edms) Beperk, Heerengracht 40, Kaapstad
www.tafelberg.com
© 2006 Tafelberg

Alle regte voorbehou
Geen gedeelte van hierdie boek mag sonder die skriftelike verlof van die
uitgewer gereproduseer of in enige vorm of deur enige elektroniese of
meganiese middel weergegee word nie, hetsy deur fotokopiëring, skyf- of
bandopname, of deur enige ander stelsel vir inligtingsbewaring of –ontsluiting
Proeflees deur Annette de Villiers
Bandontwerp deur Flame Design
Boekontwerp deur Nazli Jacobs
Geset in Utopia
Gedruk en gebind deur Paarl Print, Oosterlandstraat, Paarl, Suid-Afrika
Eerste uitgawe 2006

ISBN-10: 0 624 04441 6
ISBN-13: 978 0 624 04441 3

Inhoud

INLEIDING – Bun Booyens   7

RYGOED: FIETSE, KARRE EN *BIKES*   9
    Wat het geword van die *fifty*? – Jaco Kirsten   11
    Die geboorte (en heengaan) van die V6-kombi – Albertus van Wyk   15
    Evel Knievel in die Bosveld – Dana Snyman   19
    Grootword en fietsry – Jaco Kirsten   23
    'n Régte kar kort 'n régte naam – Jaco Kirsten   27
    Om te sleep of nie? – Albertus van Wyk   31

TEËSPOED OP PAD   37
    In die Kalahari sonder *ghêrs* . . . – Dana Snyman   39
    Papwiele en papsakke – Jaco Kirsten   42
    Chaos by die grenspos – Dana Snyman   46
    Vliegvoos en vlugvies – Jaco Kirsten   50
    Hier's perde . . . – Jaco Kirsten   54
    Etosha: Waar die leeus Afrikaans verstaan – Piet Grobler   58

REIS EN KOS   63
    Só kook jy 'n forel in die ry – Dana Snyman   65
    Hoe om ry-ry te eet (of eet-eet te ry) – Jaco Kirsten   69
    Waar's die *kêffie*-hamburger? – Jaco Kirsten   73
    Padkos is tydloos – Dana Snyman   78

GISTER SE PLEKKE 81
    Uncle Charlie's, eindpunt van die bekende heelal – Dana Snyman 83
    Tussen treine op De Aar se stasie – Dana Snyman 87
    My vormingsjare op Loftus – Dana Snyman 91
    Die Vrouemonument en die Wimpy – Dana Snyman 96
    Die Sondes van Sin City – Dana Snyman 100

ALMAL HET GE*HIKE* 105
    Ryloop en die liefde vir reis – Bun Booyens 107
    Hei, en toe stop die bont Peugeot . . . – Jaco Kirsten 111
    Op grondpad moet die klippe "Ketang! Ketang!" sê – Danie Marais 115
    Ryloop met 'n woonwa – Dana Snyman 120

BAKENS 125
    Goue aande in die Bosveldse *drive-in* – Dana Snyman 127
    Ek groet die Grand Hotel – Dana Snyman 132
    Die Royal sluit sy deure – Willemien Brümmer 135
    Meerminne van die langpad – Dana Snyman 139

DIE *ARMY* WAS OOK 'N REIS 143
    Diensplig was 'n vreemde reis . . . – Jaco Kirsten 145
    Die Koelkopkorps op die Swartbergpas – Bun Booyens 149
    Die "ander" Roete 62 . . . – Bun Booyens 154

VREEMDE REISE 159
    Oom Bartjie, sy bus en die ACVV-tantes – Dana Snyman 161
    Sweef soos 'n . . . arend? – Jaco Kirsten 164
    Die beste padfliek nog? – Bun Booyens 169
    Short back 'n sides – die barbiere van my lewe – Dana Snyman 174
    Breek tog net rég weg! – Jaco Kirsten 179
    Die verskil tussen 'n flits en 'n "toorts" – Jaco Kirsten 182
    Biltong en transformasie – Dana Snyman 186
    Só speel jy 'n wegwedstryd vir die Vierdes – Dana Snyman 191

DIE SKRYWERS 195

Inleiding

Bun Booyens

Welkom by *Weg* se eerste boek!

'n Tydskrif se redaksie leef van maand tot maand, van spertyd tot spertyd. Jy jaag om die tydskrif (die "boek", soos joernaliste dit noem) by die rolpers (oftewel die "fabriek") te kry. Dan skep jy vinnig asem en begin werk aan die volgende uitgawe. Daar is nooit werklik tyd om die groter prentjie te betrag nie.

Te midde van hierdie maandelikse gewoel by *Weg* het Tafelberg ons gevra om boonop 'n versameling van *Weg* se rubrieke vir 'n boek te kies. Toe die hele bundel rubrieke uiteindelik op my lessenaar beland, was ek nogal beïndruk, trouens, ek het so half geskrik. Ek het nie besef dat *Weg* al 'n stuk of veertig rubrieke agter die blad het nie – en feitlik sonder uitsondering was dit lekker rubrieke (joernaliste praat nie sommer van 'n "goeie" rubriek nie; hulle sê "hy lees lekker").

Boonop het die rubrieke hulself sommer half spontaan in tema's georden. Ek het die drukstukke so 'n bietjie rondgeskommel en skielik was hierdie boek se "hoofstukke" daar: Voertuie, Teëspoed, Padkos, Ryloop, Plekke . . .

En hier is die eindproduk: *Weg* se eerste boek!

Tel hierdie bundel stories as ernstige skryfwerk wat ernstig bejeën moet word? Ek twyfel. Ek dink nie dit maak eintlik saak nie.

'n Paar van *Weg* se redaksielede het een middagete hier oorkant die pad gesit en gesels in die Vasco da Gama Tavern (op kantoor bekend as die Portugese Ambassade). Iemand het toe dié punt oor 'n bier geopper: Op 'n manier is dit maklik om 'n "diep" rubriek te skryf oor iets wat inherent ernstig of tragies is, want jy het eintlik net jou eie emosies daarvoor nodig. As dit regtig sleg met jou gaan, het mense eintlik geen keuse as om jou skryfwerk ernstig op te neem nie.

Maar dis *vrek* moeilik – só het ons almal ná die tweede bier in die Ambassade saamgestem – om 'n boeiende rubriek te skryf oor iets doodgewoon soos padkos, 'n dikwielfiets, inryteater of jou loopbaan as haker vir jou skool se vierdes.

Hierdie is dus nie 'n diep boek nie; maar dis ook nie grapvertellery nie. Dis iets tussenin. Dis sommer net 40 stories – maar 40 stories met 'n belangrike gemene deler. Sonder dat ons by *Weg* dit so beplan het, is al hierdie rubrieke geënt op iets onmiskenbaar Suid-Afrikaans en Afrikaans.

Iewers in elk van hierdie rubrieke is daar iets só bekend en só uniek, dat dit jou soms spontaan laat lag, soms hoendervleis gee en soms selfs wil laat huil.

Ek wil jou amper 'n weddenskap aangaan dat jy jouself iewers in hierdie blaaie gaan raaklees. Óf jou tuisdorp van destyds, óf jou fiets, óf jou *fifty-* motorfiets, óf jou eerste motor, óf jou ma se padkos . . .

En as hierdie boek dít kan regkry, bereik hy sy doel.

Geniet dit!

BUN BOOYENS
Samesteller

RYGOED
Fietse, karre en *bikes*

Wat het geword van die *fifty*?

Jaco Kirsten

IEMAND HET eenkeer geskryf dat ongelukkige kinderjare van onskatbare waarde vir 'n skrywer is – wat natuurlik beteken dat ek veel verskuldig is aan my grootwordjare op die nywerheidsdorp Newcastle.

Hierdie effens melancholiese herinnering is darem nie die gevolg van 'n disfunksionele ouerhuis nie, dis eerder te wyte aan iets in die dorp self.

Ek onthou nog goed toe die oujongnooi juffrou Strachan – sy met die harige bolip – ons in Standerd 4 beveel het om op te staan uit die Afrikaanse klas en in 'n netjiese ry buitentoe te stap. Buite gekom, moes ons op 'n graswal gaan sit. Dit was tyd vir 'n bietjie geestelike groei.

"Trek 'n asemteug in," het sy gesê, amper in 'n beswyming. "Ruik die vars lug! *Ruik* dit!"

"Hmmm," het ek net-net hoorbaar afgehaak. "Lekker vars Yskor-lug."

Sy het ons net daar laat opstaan en in kil stilte weer terug klas toe marsjeer. Nodeloos om te sê, ek was nié die gewildste laaitie in die klas nie.

Maar dit sou onregverdig wees om nét vir Yskor die skuld te gee vir die onsuiwer lug. Want daar was 'n ander bron van lugbesoedeling ook – een waaraan ons nie kon wag om medepligtig te wees nie.

Die bron? Die 50 cc-motorfiets, beter bekend as die *fifty*.

Kyk, 'n *fifty* was meer as net 'n vervoermiddel. Dit was 'n vurk in jou lewenspad. Dit was soos om te kies tussen Carike Keuzenkamp en Kiss. 'n *Fifty* het bepaal wie en wat jy op hoërskool is – of sou word. Dit was die verskil tussen prefekskap en 'n erebaadjie of 'n hoërskoolloopbaan gekenmerk deur uitnodings per interkom om dringend na die hoof se kantoor te kom.

Maar as jy 'n *fifty* gehad het, het jy toegang gekry tot 'n wêreld met sy eie belonings: beweeglikheid, spoed, meisies en Chesterfield.

VANAF DIE ouderdom van ongeveer tien jaar, was daar min dinge waarna jy so uitgesien het as om oor 'n paar jaar 'n *fifty* te kon besit (behalwe miskien 'n bietjie ervaring met 'n rokdraer).

Ek onthou hoe ek en my pêl Jacques met ons fietse gaan kyk het hoe George Eekhout in 'n veld naby ons huis met sy rooi Honda MT-5 deur die lug ge-*ramp* het dat die skokbrekers deurstamp. In ons oë was hy 'n lewende legende.

My ouboet het 'n vriend genaamd Gideon gehad, die koelste ou ter wêreld. Hy was die naaste wat Newcastle ooit aan 'n Dennis Hopper in *Easy Rider* sou kom.

Gideon het 'n Honda SS50 gery. Wat die SS50 anders gemaak het as die meeste ander *fifties* – benewens nou sy laaang, semi-vierkantige petroltenk – was dat dit 'n vierslagenjin gehad het. Dit het beteken dat dit oor meer onderdele as 'n tweeslagenjin beskik het. En elke keer as Gideon sy Honda se enjin "gediens" het, het daar 'n paar kleiner onderdele op die vloer oorgebly. Dit het hom nie gepla nie. En sy Honda het bly loop.

In die motorhuis het ons na die ouer seuns se stories oor *fifties* geluister met dieselfde verwondering as wat ons geluister het na die gerugte oor daai rowwe matriekmeisie wat vir die Natal Taffies-orkes gesing het.

Een onderwerp het tegelyk opwinding én vrees by ons ontlok: die 50 cc se *powerband*. Jy versnel glo nog rustig op jou *fifty*, dan slaat die toereteller 6000 r/min. En dan breek alle hel skielik los. "Pwhêêêêng!" het hulle dit beskryf, met dieselfde agting wat grotbewoners vir donderweer en bliksemstrale gereserveer het. "Dan moet jy vashou."

Tot vandag toe wonder ek hoe tienerseuns van daardie jare in haarfyn besonderhede die verskil tussen 'n Suzuki RG50 Gamma, Kawasaki AR50, Honda MBX50 en 'n Yamaha DT50 LC kon verstaan en ingewikkelde diskoerse oor die sterk- en swakpunte van elk kon voer.

Maar algebra? Of in 'n langvraag verduidelik hoekom 'n sluipmoord in Sarajevo in Julie 1914 tot die die Eerste Wêreldoorlog aanleiding gegee het?

Huh? 'Skuus, meneer?

OP NEWCASTLE, 'n dorp met baie ambagsmanne, was dat daar 'n amperse Jungiaanse kollektiewe onbewuste as dit by *engine tuning* kom. Almal het eenvoudig gewéét hoe om 'n ryding warmer te maak. Altans, so het hulle gedink, en hulle het ten minste al die *tools* in die garage gehad, gemonteer op houtplanke, van groot na klein met die buitelyne om elke stuk gereedskap afgetrek.

My pel Jacques se ouer broer Werner was een van hulle. Hy was 17 en het 'n *fifty* geken soos Hugh Hefner 'n vrou se onderstel. Werner was die ou wat 'n 50 cc se uitlaatgasse sou ruik en 'n meganiese diagnose op vyf treë kon maak.

"Hy moet ge-*port* word," sou Werner dan in hulle garage opmerk terwyl hy aan 'n Chesterfield trek. "Maar dalk moet ons sommer sy *head skim*. Eers met skuurpapier en dan met waterskuurpapier."

Werner kon nie net *fifties* regmaak nie, hy kon hulle saboteer ook. As sy suster hom kwaad gemaak het, het hy sy neus met sy vingers gesnuit en dan daardie nattigheid op haar bromponie se vonkprop gesmeer. Dan, tot sy groot vermaak, is sy ruk-ruk op haar Passola by die hek uit.

Middae ná skool het ons Springbokradio geluister. Ons het elkeen 'n dik sny witbrood – omtrent 'n kwart van 'n brood – gesny om in ons bierbekers koffie te doop. Terwyl ons El Cano's probeer rook het, het Jacques ons op hoogte gebring van sy ouer broer se motorfietsavontuur van die afgelope naweek.

"Werner-hulle het die naweek weer Kilbarchan toe gery met die *fifties*," het Jacques sy bulletin begin. "Maar by Panty Valley het hy gevoel die ER wou *seize*." En dan het die koel ontknoping gevolg: Werner het afgeklim en op die enjin geürineer om die *head* af te koel.

"Toe rook hulle 'n skyf en ry verder," sou Jacques dan afsluit.

BENEWENS DIE Yamahas, Hondas en Suzukis was daar ook ander eksotiese *fifties*. Maar ons het hulle nooit in lewende lywe gesien nie. Net op daai Super Trump-speelkaarte wat soms ook foto's van karre en vegvliegtuie gehad het. Goed soos Zundapps en Kreidlers. Een *fifty*, ek dink dit was 'n Kreidler, het glo 'n hout*piston* gehad.

Daar was die dag toe ek vir my pa vertel het ek het in die jongste *Bike &*

Track gelees dat die nuwe Yamaha RZ50 LC (vir *Liquid Cooling* – hy was wragtigwaar waterverkoeld, kan jy glo?) 'n topsnelheid van 104 km/h kon haal. "Nee, dis heeltemal te vinnig vir 'n *fifty*," het my pa verklaar. *Case closed*. Hy wat 'n Honda 750 en 'n Suzuki 500 in die garage gehad het . . .

Vir 'n *fifty* eienaar was 100 km/h die ekwivalent van die klankgrens. Dit was die Heilige Graal, en nie elke Jan Rap kon 100 haal nie, al het jy 'n vinnige model gehad.

Wat saak gemaak het, was hoe hy ge-*tune* was. Het jy 'n *expansion box* gehad? Of 'n kleiner *sprocket* agter? Of 'n groter *sprocket* voor? En die *jets*! Het jy hom ge-*jet*?

Dit was 'n fyn kuns om die meeste uit daardie 50 cc te haal. En nou praat ek van die uitsoek van laaang afdraande. Van platlê op die tenk, ken op die tenk, bene op die saal, reguit agtertoe. Van *slipstream* ry.

Namate die mededinging strawwer geraak het, het dié tegnieke meer desperaat geraak. Want jy dink dalk so-en-so se *fifty* is vinnig, totdat daar 'n nuwe een begin aandag trek. Een wat "uitgeboor" is.

As jy al ooit na 'n *fifty* se suier gekyk het, sal jy weet dis omtrent so groot soos 'n aanrol-deodorant se prop. Presies 49 kubieke sentimeter. Sou jy hom dus met een of twee *oversizes* uitboor, sit jy met 'n *piston* wat twee of drie kubieke sentimeter meer verplaas en gevolglik 'n aks kragtiger is. Relatief gesproke, natuurlik.

Daarna het ons Kimberley toe getrek. En dit was dit. Hulle was naïef en onkundig oor *fifties*. Moes die skoon lug gewees het.

Die dae van *fifties*, helaas, is nou iets van die verlede. Sedert kinders op die ouderdom van 16 lisensies vir 125 cc motorfietse kan kry, het 'n hele subkultuur tot 'n einde gekom. Niemand weet meer wat 'n *fifty* is nie.

Maar soms, as 'n skoolseun op 'n 125 verby my "zjhoeeei" en ek ruik daai tweeslagolie, kry ek 'n terugflits. Ek staan weer op Newcastle by Jacques en Werner in die garage van hulle Yskor-huis in Blesboklaan, omring deur ringsleutels, koffiebekers, *socket sets* en 'n halfleë pakkie Chesterfield.

In die middel van die vloer is daar 'n gestroopte *fifty* met dosyne onderdele rondom dit uitgepak.

En oom Hennie loop skielik in met sy blou *stokies* en brom: "Watse nonsens jaag julle nou weer aan?"

Die geboorte (en heengaan) van die V6-kombi

Albertus van Wyk

EK HET DESTYDS geglo die eerste ou wat 'n V6-enjin in 'n Volkswagen Kombi oorgeplant het, verdien om in dieselfde asem as dr. Chris Barnard genoem te word.

Op die oog af was dit 'n eenvoudige dog briljante resep: vat 'n robuuste Ford Cortina V6-enjin – die *Big Six* – en plant hom oor in die enjinbak van 'n Volkswagen Mikrobus. Hy pas mos lekker en hy trek ook lekker.

Maar helaas nie vir lank nie. Want anders as dr. Chris se poging, is die V6-operasie se verhaal een van gemengde welslae.

Dié ombouings was amper soos 'n epidemie wat rondom 1980 uitgebreek het onder woonwamense. Almal wou een hê. Boere, dominees, onderwysers, prokureurs, aptekers en Kubus-miljoenêrs. Almal.

Die tydsgees was ook nét reg vir die geboorte van hierdie agterplaashibried. Goeie sleepvoertuie was 'n probleem omdat gróót woonwaens – 16- en 18-voeters – die in-ding was. Dié knewels moes in dun Hoëveldse lug teen steil platorand-bulte uitgesleep word, boonop met gesinne van minstens vier aan boord.

Onthou, destyds was daar nog nie dubbelkajuitbakkies nie en die ou vierliter-Chevs of -Fords het 'n bietjie swaar op die sak begin raak. 'n Kombi was die ideale vakansiemotor, maar het helaas nie genoeg perde gehad om lekker te kon sleep nie.

Dis tóé dat die verbastering-idee posgevat het: Plant 'n bloubaard-Amerikaanse kragbron in die agterwêreld van 'n beskaafde Duitse gesinsbus.

Was dit 'n gelukkige huwelik? Wel, nee. Stormagtig, ja.

DIE EERSTE KÊREL wat kommersieel met dié konsep op loop gegaan het, meen ek was ene Daan Jacobs van Pretoria. Kort voor lank het hy tientalle Kombi's in 'n maand omgebou en verkoop. Jacobs se grootste mededingers was Performance 3000 van Krugersdorp en JT Developments van Pretoria.

Dit was nie moeilik om die verskil tussen dié drie te hoor nie. JT se Kombi's het so 'n ligte dreuning gehad soos 'n windjie in rioolpyp. Sy uitlaatpyp was effens groter as die gewone 1900 cc-Kombi s'n, maar dit was steeds 'n gemanierde kant-pyp.

Maar nié Jacobs en Performance 3000 s'n nie. Húlle uitlaatstelsel het soos twee jong kanonpype onbetaamlik laag weerskante van die sleephaak uitgesteek. En dit het geklink asof daar 'n Cortina-demoon in die agterkwart van die Kombi ingetrek het. En dié pype het vuur gespoeg. Hulle het geroggel en ge-*backfire*, maar meestal gebrul soos 'n gewonde leeu.

My pa, 'n predikant in die gereformeerde tradisie op 'n klein dorpie, het die meer gedwee JT-ombouing gekies vir sy splinternuwe liggroen 1981-Kombi.

Hy het nou wel nie die Daan Jacobs-knal gehad nie, maar steeds daai onmiskenbare Vet Ses-dreuning. "Daar gaan die Pous in sy *Vee Six*," het spietkops en die manne in die kroeg vir mekaar gesê as hy binne twee of drie straatblokke van hulle verbygery het.

Maar dit was nie lank nie, toe begin die probleme. Op 'n manier was dit seker te wagte, want dié oefening was soos om Os du Randt vir 'n driewielresies in te skryf. Iewers moes iets meegee.

Die eerste meganiese haakplek was nie juis skouspelagtig as jy dit vergelyk met wat later sou kom nie. Ons Kombi het begin om sy *clutch*-plaat te brand. Een op die Long Tompas. Toe *drie* op pad na Durban, en later sommer nog 'n hele lot op pad Skukuza en Hartenbos toe.

Maar iemand – sonder twyfel 'n entrepreneur in 'n agterplaas aan die Oos-Rand of in Pretoria-Noord – het 'n koppelaar omgebou wat die pak kan vat. En met die volgende vakansie is die super-Kombi's weer in strepe af Ballito en Shelly Beach toe.

DIT WAS OMTRENT tóé dat die enjins begin uitval het. Nee rêrig, heeltemal uit. Uit die voertuig uit. Tot in die pad.

Die vier middelslag-boute waarmee die oorspronklike Volksie-enjin gemonteer was, was te lig in die broek vir die wriemelende gespierde *Vee Six*, en die vibrasie het die boute een vir een geknak. Morsaf.

Die eerste slagoffer in ons omgewing was 'n boer, oom Willie Gouws. Een middag, in sy maroen Kombi op pad met sy dogters van die korfbal-oefening af plaas toe, het hy dieselfde beleef as 'n valskermspringer wat uit 'n Flossie spring: Eers die oorverdowende gerammel van 'n groot enjin, en toe, skielik . . . 'n verlate stilte (en natuurlik 'n verlies aan voortstuwende krag).

Agter hom in die pad was daar 'n tollende stofwolk vol enjinonderdele.

Nou ja, oom Willie, was 'n praktiese man. Hy't besef die skrif is aan die muur vir sy V6-avontuur en het toe maar 'n verstandige sleepvoertuig soos 'n Cressida gekoop.

Maar 'n hele paar V6-eienaars het in hardkoppige ontkenning bly leef. Ook my pa. En hulle het betááál daarvoor.

Ons enjin het 'n paar maande later net buite Malelane uitgeval, op pad Wildtuin toe.

Eintlik was ons gelukkig dat die monteerboute nie op 120 km/h gekalf het nie (ek sou graag wou sien watse tonnel dít deur ons woonwa ploeg). Net toe ons by 'n padstal wegtrek en die wiele effens in 'n modderkol tol, het die enjin van die bakwerk afskeid geneem.

My pa was stom.

"Ag Vadertjie tog," was al wat my ma benoud kon uitkry.

Die enjin het nie van die dryfas afgebreek toe dit die grond tref nie, maar is met die tjank van metaal oor die teer saamgesleep.

Die skade was wonder bo wonder eintlik baie klein. 'n Boer daar naby het my pa gehelp om die enjin op te domkrag. Vier nuwe boute (28c) later het ons weer in die pad geval. Net die knaldemper se *tailpipe* was beskadig, wat beteken ons het daardie vakansie maar min wild gesien.

EN TOE KOM daar 'n tyd dat omtrent élke ratkas in élke *Vee Six*-kombi landwyd oppak. Die krag van daardie Big Six het tande van die Volkswagen se vierde rat soos mieliepitte van 'n stronk afgestroop. 'n Hele paar gesinne se Margate-vakansies het iewers by 'n werkswinkel langs die N3 geëindig.

En ja, die werkswinkels aan die Oos-Rand en in Pretoria-Noord het gou-

gou 'n vierde rat van sterker staal ontwikkel, maar die krag van die V6 het toe bloot die voertuig in die ry uit rat laat spring.

My pa het later 'n spesiale tegniek ontwikkel waarmee hy wou keer dat dit met ons Kombi gebeur. Hy het die rathefboom in die waai van sy been gevang as hy hom in vierde druk, terwyl hy met sy linkerhand 'n binnebandrek gryp wat om die sitplekgordel se knip vasgemaak was. Dan het hy die rathefboom met die rek gehaak en die Kombi só in rat gehou.

Alles in een vloeiende beweging.

Die *Vee Six*-manne het ook permanent met een oog op die temperatuurnaald gery, want dié Kombi's se enjins het bly oorverhit. Die tuisvervaardigde waterverkoelingstelsels wat ingebou is (die ou VW Kombi's s'n was lugverkoel) kon nou maar eenmaal nie die enjin koud genoeg hou nie.

Die hele kajuit het later warm geword – lekker in die winter, maar doodsake in Noord-Natal in Februarie. My ma het later nat handdoeke op die vloer begin pak om die hitte in toom te hou.

En so het die probleme elke paar maande opgeduik. As jy die eienaar van 'n *Vee Six* was, móés jy ook 'n motorwerktuigkundige op *standby* hê op jou tuisdorp – iemand wat jy in die feesgety ná ure van 'n tiekieboks af kon bel as dinge skeef loop.

Ek onthou hoe my pa van verlate garages op vergete plekkies oor die foon probeer verduidelik het: "Man Dawie, hy maak so gloenk, gloenk, grrrrrrr."

Een van die min voordele van 'n *Vee Six* was dat die eienaar se tegniese kennis en woordeskat verbasend vinnig gegroei het, met woorde soos *feelergauge*, termostaat, koolstof-grafiet-vonkpropkabels, *gaskets* en *heads*.

Eenkeer het my pa in 'n woonwapark die Kombi se kleppe gestel. Terwyl hy die enjin ge-*rev* het om te hoor of dit reg klink, het 'n kêrel met 'n kennelik geoefende *Vee Six*-oor (en twyfelagtige haarstyl) nader gestaan en laat weet: "Luister pêl, jou *tappets* is te styf. Onthou nou wat ek vir jou sê: 'n Los *tappet* is 'n *happy tappet!*"

Maar helaas, die *Vee Six*-Kombi was gedoem. En oor twintig jaar sal hulle wrakke nie eens nostalgies herken kan word nie. Nee, dit sal soos 'n gewone ou Kombiwrak lyk wat daar tussen die kakiebosse lê en roes.

Eers as jy nader staan en mooi kyk, sal jy dalk 'n klein plaatjie sien wat sê Performance 3000 of Daan Jacobs Conversions of JT Developments.

Evel Knievel in die Bosveld

Dana Snyman

DIE MEESTE van ons het Humbers gehad. Of Raleighs. Nie dat daardie fietse van ons regtig meer soos Humbers of Raleighs gelyk het nie. Ons het die modderskerms afgehaal. Ons het die stuurstange, saals en trappe vervang, en allerhande bybehore aangesit: spieëltjies, spoedmeters, ligte, lugdrade, gereedskapsakkies, *carriers*.

Barkies, een van my maats, het sy Humber een middag sommer silwer gespuitverf – dieselfde kleur as die Sky Cycle waarmee die Amerikaanse waaghals Evel Knievel daardie jare oor busse en afgronde gespring het.

Ou Evel was een van ons groot helde. Ons het ons dikwels verbeel ons is hy, dan jaag ons oor Louwtjie Erasmus-hulle se grasperk, by hul swembad in, gat oor kop tot in die water, Humbers en al.

Ek weet nie waar hy dit gekry het nie, maar Barkies het 'n plakker van die SA Bloedoortappingsdiens op die sakkie agteraan sy saal gehad: EK SKENK BLOED. Dit sal ek nooit vergeet nie, want ons moes altyd in daardie plakker vaskyk. Want ou Barkies kon laat waai met daardie Humber.

Ons was toe so twaalf, dertien jaar oud en het nie regtig besef 'n Humber is eintlik ontwerp vir middeljarige posmanne en afgematte spoorwegwerkers nie. Ons het deur dongas gejaag, by sypaadjies af, oor net sulke klippers – veral as Oom Herbst, die dorp se tiran van 'n spietkop, agter ons aan was.

Seuns op hulle fietse was in daardie jare die fokus van intense wetstoepassing, so half asof reg en orde op die dorp in duie sou stort as jy nie Oom Herbst se Groot Vyf-fietsreëls nagekom het nie.

Ten eerste moes elke fiets 'n lisensie hê, so 'n blink plaatjie wat jy onder jou saal of teen die vooras vasgebout het. Dan moes jy 'n klokkie hê. En 'n wit weerkaatser voor en 'n rooie agter. Vyfdens, en volgens Oom Herbst kort duskant 'n halsmisdaad ... jy mag niemand ge*lift* het nie.

En as Oom Herbst jou nie kon vastrek oor een van hierdie vyf oortredings nie, het hy jou sommer beboet as jy afgedraai het by 'n straat sonder om 'n handsein te gee.

EK HET 'n teorie: Ek glo baie van ons – veral ons wat in die 1970's kind was – koop of begeer deesdae 'n 4x4 omdat ons graag weer elke sloot en klip en draai van die oop pad wil ervaar soos destyds met ons Humbers en ons Raleighs.

Daardie ou fietse, selfs meer as vandag s'n, was 'n soort verlenging van jou sintuie waarmee jy die aarde kon verken.

Met jou Humber en jou Raleigh kon jy op plekke kom wat jy te voet nooit kon haal nie. Ons het maklik op 'n Saterdagoggend die 11 km na Die Oog-vakansieoord getrap waar ons onder die bome gelê en die meisies van 'n veilige afstand dopgehou het.

Wanneer jy 'n papwiel gekry het, het jy dit sommer langs die pad reggemaak met die *patch* en *solution* wat in die sakkie agteraan jou saal was. (Terloops, selfs in die mees stoere Afrikaanse gemeenskappe is fietse gewoonlik ten volle in Engels in stand gehou: Jy het jou *handles* met 'n *spanner* vasgedraai en jou *tube* uit jou *tyre* gehaal met behulp van *tyre levers* – gewoonlik twee lepels uit jou ma se kombuis. Eers later, op hoërskool, het jy ontdek *ball bearing* en *quarter pin* is nie Afrikaanse woorde nie.)

Dit was ook mos dié tyd dat die Humbers en Raleighs se heerskappy eensklaps bedreig is deur 'n nuwe model: Die Chopper.

O, hoe het ons nie Choppers begeer nie! 'n Chopper het 'n rathefboom soos 'n kar s'n hier voor op die pyp gehad, 'n sagte saal met so 'n smal rugleuning, sulke hoë bokhoring-*handles*, en so 'n klein voorwieletjie.

Oor Choppers het ons net gedroom.

Soms het ons ook met die fietse na die Bosveld-inry toe gegaan. En dan, ná die fliek, het ons maar weer die 5 km terug dorp toe agter die stoet karre aan getrap.

Daardie aande sal ek altyd onthou: Die maan se silwer skynsel op die telefoondrade, die reuk van maroelas en moepels in die donker. En hoe nader ons aan die bruggie oor die spruit gekom het, hoe vinniger het ons getrap, want die spook van 'n Engelse soldaat het glo soms daar staan en ryloop.

Naby die gholfbaan het Barkies gewoonlik gesê: "Okei, ek *dice* julle tot by Taki se kafee."

En dan het ons die dorp ingejaag, verby die klipkerk, oor twee, drie, vier stopstrate sonder om stil te hou. Oorkant Oom Herbst se huis in 4de Straat het ons altyd geskreeu: "Tjips, tjips, Oom Herbst! Hier kom die Hell's Angels!"

Dit was ons eie grap, want iemand by die skool het vertel – glo op goeie gesag – dat die Hell's Angels oom Herbst eenkeer lank gelede aan sy voete aan 'n boom opgehang het omdat hy een van hulle beboet het toe hulle deur die dorp gery het. Vandaar sy vendetta teen enigiets op twee wiele.

EN TOE kry Louwtjie wragtag 'n pers Chopper vir sy verjaarsdag.

Ons was in Taki se kafee, ek en Barkies, besig om *pinball* te speel toe hy met die Chopper daar aankom, lekker la-di-da met sy drie ratte.

Ek sal nie sê ons was afgunstig op Louwtjie nie. Kinders reageer meer naïef in sulke gevalle. "Nou maar okei," het Barkies gesê sonder om op te kyk van die *pinball*masjien. "Kom ons kyk wat kan daai Chopper doen. Ons *dice* jou tot by julle huis."

Dit was 'n warm middag en Louwtjie het 'n voorsprong gehad, want ek en Barkies moes nog op ons Humbers klim.

Maar een ding was gou duidelik: 'n Chopper was selfs minder as 'n Humber vir latte soos ons ontwerp. Dit was meer 'n fiets om smiddae rustig mee klavierlesse toe te ry.

By oom Dafel se apteek was ons kort agter Louwtjie. Hy het krom oor daardie bokhorings gehang, met sy voete pompend onder hom. Maar reg oorkant Volkskas, toe begin daardie voorwieletjie heen en weer swaai. Louwtjie was besig om 'n *speed wobble* op sy Chopper te kry – en ons was nog nie eers op volspoed nie.

By die polisiestasie is ons by hom verby. Ek het so 'n tree of drie agter

Barkies gebly, af in 5de Straat. Maar toe ons by Louwtjie-hulle se hek inskuif, toe is ek op sy stert.

Ek onthou ek het vinnig omgekyk: Louwtjie was meer as 'n blok agter ons.

Skielik bly ons het nie ook Choppers nie.

Barkies het reguit oor die grasperk na die swembad se vlak kant gemik. Ons gaan sommer weer reguit die water in Evel Knievel. Dit kon ek sien.

Teen die opdraandtjie na die swembad het ek langs Barkies ingeskuif. Toe, op die sementblad om die swembad, terselfdertyd, sien ons dit: Die swembad is flippen leeg! Louwtjie se pa wou dit laat verf of iets.

Ons het probeer rem. Te laat. Ons is saam oor daardie swembad se rant, Humbers en al, terwyl ons gil asof die aarde besig is om ons in te sluk: "Aaahoeeaaa!" Amper soos Evel Knievel wat ook nie die paal gehaal het met daardie befaamde sprong van hom oor Snake River Canyon nie.

Ek het half op my rug te lande gekom, met die klank van spieëltjies en wiele en vurke wat rondom my breek.

En toe ek weer my oë oopmaak, toe lê Barkies se Humber hier voor my, en ek kyk weer in daardie dekselse plakker vas – daardie een wat sê: EK SKENK BLOED.

Grootword en fietsry

Jaco Kirsten

EK EN MY PA en my oupa Koos was by die Volksrust-skou, op die punt om te aanskou hoe 'n waaghals met sy motorfiets deur die lug gaan spring.

Die man op die motorfiets het eers 'n paar foplopies uitgevoer in die rigting van die groot *ramp* van staal en planke. En toe maak hy die versneller óóp. Met 'n verwoede "bwaaap! bwaap!" van die tweeslagenjin het hy nader gejaag, die *ramp* getref en sierlik op sy blou motorfiets deur die lug gevlieg. Toe doen hy dit weer. En weer. Tussendeur die applous het die vroue ge-"oe!" en die manne ge-"aa!".

Ek was geïnspireer.

Kort daarna het ek my eie *ramp* by die huis gebou met bakstene en 'n denneplank. Ek het nie 'n blou motorfiets gehad nie. Ek het 'n swart fiets gehad wat ek by my broer geërf het, en wat hy weer by my oom geërf het – een waarop die naam "Junior" in wit sierletters op die raam geskryf was. Dit was 'n *backpedal*. As jy wou rem, moes jy agtertoe trap, wat goed gewerk het as jou ketting nie afglip nie.

Aanvanklik het dit goedgegaan met die springery. Maar ek wou vérder spring. Toe stel ek die plank skuinser vir 'n hoër trajek. Totdat ek die plank naderhand teen 'n té hoë spoed vir daai trajek getref het. Dit het gebreek en ek het deur die bakstene gebars, oor my handvatsels gevlieg en 'n ent verder op die gras te lande gekom. (Skade aan die fiets was van sekondêre belang; die onmiddellike vraagstuk was of ek gou genoeg weer kon opstaan sonder dat die Bouwer-dogters oorkant die straat sien ek het geval.)

Dit was nie my eerste val met die Junior nie. Toe ons uit Durban na Newcastle getrek het, het ons 'n ruk lank in een van die Blesbok-onderwyswoonstelle gebly. In die veld agter die woonstelle was 'n spruit in 'n erosiesloot. 'n Dik betonpyp het bo-oor dié spruit geloop. Weerskante was 'n val van omtrent twee meter. En onder jou, vuil, stink water.

My ouer broer het my vertel van Evel Knievel, die waaghals der waaghalse, wat glo al met sy motorfiets bo-oor die Grand Canyon gespring het. Wel, as Evel oor die Grand Canyon kan spring, kan ek sekerlik met my fiets op 'n betonpyp 'n spruit oorsteek, het ek gereken.

Snaaks, toe my voorwiel gly en ek en my fiets begin val, was ek op 'n manier voorbereid daarop. Selfs Evel Knievel het gereeld hard geval, het my broer mos vertel.

Onder in die spruit was daar plastieksakke, 'n inkopietrollie, 'n paar ou batterye en skoene in die vlak, stink water. Ná 'n gesukkel kon ek darem met die fiets daar uitklouter.

RIETBOKLAAN 1, ons platdakhuis het nie net psigedeliese bruin, oranje en geel muurpapier in die sitkamer gehad nie, ons erf was ook die wegspringplek van 'n perfekte fietsrenbaan: Links uit by die hek, verby die kurkboom en die Delports se huis met die garage-omgebou-as-slaapkamer, verby die hekke van die Laerskool Huttenpark, om 'n skerp draai links en dan effens bult-op verby Jacques de Beer-hulle se huis.

Dan het jy 'n kort pylvak verby Barnie Stoop-hulle se huis gekry, waar ons minder probeer jil het as elders op die renbaan. Barnie se pa was die koster by die kerk en het tuis aangesterk nadat hy 'n week of wat tevore die kerk se ligte nagegaan, gegly en dwarsdeur die plafon van NG Kerk Bergsig geval en 'n kerkbank verpletter het. Hy moes uitkruip om hulp te gaan soek.

Kort ná Barnie-hulle se huis moes jy rem vir nóg 'n 90°-draai na links. Dan was dit platlê en trap op die effense afdraande, en as jy oom André en tannie Hettie Bouwer-hulle se huis op regs gewaar het, moes jy jou regmaak vir die skerp linksdraai terug in Rietboklaan – en die eindstreep.

Dit was tydens een so 'n rondte dat Brünhilde Rust by die skoolhek staan en wag het. Brünhilde was die eerste vrou wat daai snaakse gevoel by my wakker gemaak het waarvoor net vroue kan sorg.

Dalk het dit te doen met evolusie of iets primitiefs, toe wrede diere volop was en mense in grotte moes skuil. Maar waar daar vroue teenwoordig is, sál mans vinniger en waaghalsiger ry. Dis asof hulle enige twyfel oor hulle status as Alfa-mannetjie uit die weg wil ruim. Veral as hulle elf jaar oud is.

Ek was oortuig Brünhilde sou beïndruk wees met die spoed waarteen ek om daai draai gaan. Fietsbande klou egter net tot op 'n punt. Ek het rég voor haar geval.

Ek het verleë my Junior opgetel, weggery en eers om die draai begin kreun van die pyn.

DIT WAS OOK nie lank nie, toe ry ons fietse met ratte. Ek 'n blou tien-spoed-Raleigh Flyer (weer oorgeërf van Ouboet) en Jacques de Beer 'n nuwe rooi driespoed-Raleigh-"diklip" met dromremme. Ek was heimlik jaloers. En miskien het dít aanleiding gegee tot ons groot argument een middag oor 'n saak wat besonder belangrik is vir 'n vroeë adolessent: Wat's die beste deodorant? Blue Stratos, het ek gesê. Aikona, Old Spice is in 'n héél ander klas, het Jacques driftig verklaar.

Vir die volgende halfuur het ons ál ryende gestry en in 'n stadium vir mekaar begin vinger swaai. Kort voordat ons handgemeen geraak het, het Jacques amper geval en besluit om af te draai huistoe, blind van woede.

Ons het die saak voorlopig daar gelaat.

Daai tyd was daar 'n nuwe mode: Jy't jou resiesfiets se handvatsels 180° boontoe geswaai sodat dit soos rooibokhorings boontoe staan. Tjaart Coetzee het ons vertroulik gewaarsku dat as die spietkops jou só sien ry, hulle jou swaar gaan beboet. Dit het later geblyk dit was net nóg 'n Tjaart Coetzee-storie.

Dit was nie lank nie, toe tref 'n opwindende nuwe gier Newcastle: BMX-fietse. 'n Nuwe wêreld het vir my oopgegaan. Een van *wheelies* (ek kon vir dertien lamppale op my agterwiel ry), *bunny hops* (ek kon spring bo-oor 'n inkopietrollie wat op sy kant lê), *ramps* (ek het meermale my watsenaam af geval), *table tops* en vele ander toertjies.

Ek het soveel tyd op my fiets deurgebring dat my onderbroeke se sitvlakke nie gehou het nie. My ma wou weet hoe dit moontlik is.

Haar poedinglepels het gou almal merke gehad nadat ek agtergekom het hoe goed jy daarmee 'n band van 'n velling kan afhaal. Elke week voor 'n BMX-wedren het ek my fiets uitmekaar gehaal en gediens.

Soos met alles in die lewe, het nie almal ewe veel aanleg vir 'n bepaalde ding nie. Waar ek goed gevaar het met BMX-wedrenne, kon Jacques nie dieselfde sê nie. Ek het eenkeer gekyk hoe hy tydens 'n wedren 'n *speed wobble* kry en homself half disnis val – op 'n plat, reguit deel van die baan.

Ten spyte van sy Old Spice.

'n Ruk daarna vra ek hom hoekom hy nie vir 'n wedren opgedaag het nie. "My ma het my gestuur om aartappels te koop," het hy onoortuigend verduidelik.

Dan wás Blue Stratos toe al die tyd beter.

My ouma het op 'n slag kom kuier uit Suidwes. Sy en my pa het kom kyk hoe jaag ek in 'n BMX-wedren. Toe ons voor hulle verbyvlieg, was ek voor en kon ek dit nie weerstaan om 'n truuk in die lug uit te haal nie. 'n Entjie verder het 'n aartsvyand my verbygesteek. Ek het tweede gekom.

My pa het gesê: "Ja, as jy nie so windgat was nie, het jy gewen."

EK DINK NOU terug aan daai dae. Aan hoe ons Saterdagoggende ons rugsak gepak, wedrenne toe gery, deelgeneem en dan weer kilometers teruggetrap het huis toe. En dan vir die lekkerte nóg met ons fietse rondgejaag het.

Ons het op ons fiets gelewe. Ons het na maats toe gery. Skool toe. Ons klas het selfs in st. 7 Chelmsford-dam toe en terug getrap om te gaan braai. Ons het gery om te gaan kyk of daar nuwe onderdele te koop is by Jadwat's of Seedat's, die twee Indiër-fietswinkels. Skuins oorkant was daar 'n moetiewinkel, Kwa-Dublamanzi. Ons was vrekbang daarvoor.

Maar behalwe vir Kwa-Dublamanzi was ons bang vir níks. Want die wêreld het behoort aan ons en ons fietse. Weet vandag se kinders hoe dit voel om die wêreld op 'n fiets te ontdek?

Magtig man, met of sonder Blue Stratos of Old Spice, jou lewe is armer as jy nie weet hoe dit voel om 'n fiets se báás te wees nie.

'n Régte kar kort 'n régte naam

Jaco Kirsten

EK WAS NOG OP laerskool toe ek en my pêlle een middag op ons fietse in ons straat ry. "Het julle al gehoor van die Black Prince?" het Jacques de Beer gevra. Ek het gedog dit het te doen met 'n praatjie oor satanisme wat ons kort tevore by die KJA gehoor het. Ene Rodney Seale het kom vertel popmusiek is van die duiwel en jy kan demoniese boodskappe hoor as jy plate agteruit speel.

Maar hierdie Black Prince was iets anders. "Dis darem maar 'n gevaarlike bike daai," het iemand gesê. "Jy kry mos 'n doodskis saam as jy een koop."

En toe voeg Jacques by: "Ja, hy ruk sommer jou nek af as jy wegtrek. Morsaf. Daar is net een iemand wat hom kan ry. 'n Vroumens."

Ek het my probeer indink hoe sy lyk. Ja, seker soos daai meisie in st. 5 wat *goalie* speel vir die eerste hokkiespan.

Wie kan 'n jong seun verkwalik as 'n ryding met 'n formidabele naam soos Black Prince sulke beelde by jou oproep?

EEN MIDDAG STAAN ons saam met my pa by oom Herklaas Swart-hulle op Volksrust toe hy vir my pa sy blou Ford Granada wys. "Hulle het mos groot petroltenks, dié Granadas," het my pa opgemerk.

Ek was onmiddellik beïndruk. Hoekom? Oor daai naam, eerder as die petroltenk. Ford Gra-na-da. Sê dit hardop. Dis 'n stérk woord. Vir 'n stérk kar. Een wat 'n groot petroltenk verdien.

Later het ons van Durban af Newcastle toe getrek en in die Impala-onderwyswoonstelle naby die Usco-staalfabriek gebly. Daar was altyd 'n sterk swaelreuk in die lug. En dan was daar Ben Opsigter, die man in beheer van die woonstelgebou. Sy oudste seun se naam was Seun. Ek en sy jongste seun, Booi, was pêlle. Ek wonder baie wat van Booi geword het. Hy't my bekend gestel aan visvang met kerriepap, iets wat die Opsigter-gesin omtrent elke naweek by die Chelmsforddam buite die dorp gedoen het. Én hy het my bekend gestel aan nog 'n welluidende motornaam: Rover.

Booi het altyd oor Seun gepraat. Seun is in die *army*. Seun het twee karre gerol. Nou ry Seun 'n wit Rover. En dit lyk nie of hy hóm kan omdop nie.

Dit moet daai naam gewees het.

Booi het my eendag, op pad terug van die skool af, grootoog vertel van die nuwe gevaar: die "oemvoerders." Blykbaar het hulle in sulke silwerkleurige karre gery, langs jou stilgehou en jou dan ge-oemvoer.

Hy kon nie vir my sê wátter soort karre dit was nie, maar ek het besluit 'n oemvoerder wat sy sout – en my respek – werd was, moet 'n kar met 'n kwaai naam ry, soos 'n Jaguar S-Type of 'n Alfa Spider. Of, as dit dan nie anders kon nie, minstens 'n Datsun SSS.

'n Ryding se naam sê sóveel meer as enige reklameveldtog. Die meeste rygoed is vandag beter, vinniger en betroubaarder as in die dae toe karre nog poëtiese name gehad het soos Ford Capri, Renault Gordini, Mazda Capella of Opel Manta (die pa van my eerste kys, Brünhilde, het 'n metaalblou Manta gehad).

Die name het jou besiel en bewondering uitgelok. Galaxy. Mustang. El Camino. Ranchero. Selfs klein karretjies soos die Ford Anglia of Prefect se name het 'n bietjie gesag ontlok. En vir dié wat destyds 'n inheemsklinkende naam verkies het (die soort ouens wat Springbok-sigarette gerook het uit patriotisme), was daar die Chev Kommando of Impala.

Maar hoe beter die rygoed geword het, hoe meer het hulle name trefkrag verloor of sommer net simpel geraak. Deesdae word nikssêggende name rondgegooi wanneer hardebaarde hulle rygoed oor 'n brandewyn-en-Coke bespreek. Uno. Musso. Cielo. Clio. Polo. Sentra. Corsa. Almera. Shuma. Atoz. Trajet. Prius. Lanos. Hilux.

Ja, selfs Hilux. Ons het al só gewoond geraak aan flou name dat 'n betekenislose woord soos Hilux (wees eerlik, dit klink na 'n stofsuier) sinoniem geraak het met Suid-Afrika se plattelandse bestaan.

Maar is ons as motoriste in die proses nie nou effens armer nie? Sou ons nie 'n bietjie beter gevoel het as ons byvoorbeeld eerder 'n bakkie met die naam Toyota Atlas gery het nie?

Daar was 'n tyd toe motorname uitgedink is deur mense met verbeelding. Mense wat waarskynlik 'n doktorsgraad in klassieke tale behaal het aan Oxford. Wat 'n voorliefde vir konjak en Petersen-pype gehad het. Wat nie skoene met dik rubbersole en ronde punte by 'n deftige broek sou dra nie. Wat geweet het die woorde "and this is how the world will end, not with a bang, but a whimper" is deur T.S. Eliot geskryf.

DIT WAS IEWERS in die vroeë tagtigerjare toe ek hoor my oom Louis het 'n Cadillac gekoop. En nie sommer enige Cadillac nie. 'n Seville.

Ook nie lank nie, toe kom kuier oom Louis-hulle. Die silwer Seville was die middelpunt van belangstelling. Hy kon in die ry van 'n V8 oorskakel na 'n V6 en dan na 'n V4. "Om petrol te spaar," het oom Louis trots verklaar, al het die Seville meer as ons huis gekos.

Niks minder as 'n ryding met 'n naam soos Cadillac Seville was goed genoeg vir oom Louis nie. Oom Louis, die Vrymesselaar. Die man wat elke dag laatoggend 'n glas whisky geskink het. Die man wat Camel en Lexington sonder filters gerook het. ("Want filters laat my hoes.")

Die Cadillac is by Apie le Roux-motors gekoop. En dit móés 'n Cadillac wees. ("Want 'n Mercedes is nes 'n aambei. Elke tweede p--pol het een.")

Maar destyds was dit nie nodig om ryk te wees om 'n kar met 'n ordentlike naam te besit nie. Een van my laerskoolonderwysers op Newcastle, 'n mnr. Gordon, het so 'n turkoois Fiat Supermirafiori gery. Een wat hy elke naweek gewas en gepoets het.

Supermirafiori . . . hel, wat 'n naam! Iets met só 'n naam verdien mos amper outomaties respek. Sal jý 'n Fiat Palio elke naweek poets?

Miskien is die Amerikaner Jason Vines reg: Al die goeie motorname is reeds gevat en nou moet hulle nuwes opmaak.

Kyk na die ou Fords: Die Mustang. Die Fairlane. Die Fairmont. Die Galaxy. En, natuurlik, die legendariese Cortina – André Stander se wiele. As hy vandag banke beroof het, dink jy 'n Ford Mondeo sou goed genoeg vir hom en sy bende gewees het vir 'n besoekie aan Volkskas?

En dan was daar my eie studentemotor, daai Gunston-oranje Cortina-stasiewa met die bruin vinieldak. 'n Big Six. Sal Ford ooit weer met 'n naam soos Big Six vorendag kan kom?

Wie of wat moet die skuld kry vir deesdae se flou name? Ja, dalk is die name op, maar 'n ander teorie is dat dié soort besluite weens besnoeiing oorgelaat word aan 'n spul Playstation-spelers – laaities wat bereid is om name uit te dink in ruil vir gratis pizza en Coke en soveel Ritalin as wat dokters besluit hulle nodig het.

Is dit hoekom 'n maatskappy soos Citroën, wat eens met motors soos die Pallas en 2CV (pragtig in Frans uitgespreek as "duh-shuh-whuu") gespog het, deesdae modelname soos C3, C4 en C5 het? Dis blykbaar vir mense wat net-net geletterd is of 'n baie kort aandagspan het.

Ander sê weer karname word gekies deur 'n komitee wat bestaan uit 'n groep middeljarige Japannese mans in wit jasse wat heeltyd in 'n ondergrondse bunker in Tokio ryswyn wegslaan en dan – giggelend en effe onvas op die voete – veerpyltjies na 'n oop Japannees-Engelse woordeboek gooi.

Elke keer as hulle 'n woord in die middel tref, gil hulle "Banzai!" en 'n skraps geklede geisja skryf dan dié woord gedienstig in 'n swart boekie neer. Dan word nog ryswyn geskink en die manne laat waai weer met die veerpyltjies.

Die eerste twee woorde wat hulle op dié manier insamel, word die voertuignaam. Want regtig, hoe anders verklaar jy die naam van 'n Isuzu-4x4 wat 'n vriend van my pa 'n paar jaar gelede ingevoer het: Mysterious Utility.

Is rygoed se name regtig belangrik? Kyk, die heelal is net te groot dat *Homo sapiens* alleen die kitaar kan slaan. Vroeër of later gaan 'n gevorderde spesie ons en ons tegnologie kom bekyk. En as die eerste ding wat hulle hier teëkom, iets is met 'n naam soos Tazz of Chico, dink ek nie hulle gaan huiwer om ons planeet aan te val nie.

Moenie sê ek het julle nie gewaarsku nie.

Om te sleep of nie?

Albertus van Wyk

"EK SAL BAIE DINGE vir jou opoffer," sê my vrou skielik, "maar jy kry my nie dood in een van dáái goed nie".

Sy praat van die wiegende Exclusive voor ons op die N2.

Dis die Desembervakansie. Ons ry verby Albertinia op pad na my skoonmense se strandhuis op Nature's Valley. Die heelpad uit die Kaap het ons goed gevorder, maar nou demp die Exclusive ons momentum effens.

Ek trap rem en kruie teen 70km/h agter die woonwa aan.

"O nee, daaroor hoef jy jou nooit te bekommer nie," sê ek sonder huiwering. "Ek het genoeg van karavane gehad."

Uiteindelik steek ons die Exclusive verby, net om te sien daar's nóg twee dubbelkajuitbakkies met groot karavane voor ons. Skielik het ek 'n paar dinge wat ek van die hart af wil kry.

"In my lewe het ek genoeg krom tentpenne met rubberhamers probeer inkap in granietharde grond," begin ek. "Ek het meer as genoeg stram karavaan-*tressels* met 'n handslinger afgedraai in versengende hitte, stortreëns of pikdonker nagte.

"Ek het genoeg tente afgeslaan en tentseile afgestof en pynlik netjies opgevou en ingepak, presies soos my pa dit wou hê."

Ek skep asem. My driejarige dogtertjie kyk my bekommerd vanuit haar babastoeltjie aan. Ek skrik self vir die bitterheid in my stem.

"Ek's bly ons verstaan mekaar so goed," reken my vrou met 'n effense oorwinningsklankie in haar stem.

Maar ek is nog nie klaar nie.

ONS GESIN SE eerste karavaanvakasie met 'n geleende Jurgens was 'n ramp. My pa het dit aan my onwillige ma probeer bemark as 'n proeflopie. "Net om te sien of dit vir ons werk," was sy woorde. My ma het gereken dis moeilikheid soek om te gaan kamp met kleintjies jonger as vyf.

Haar voorwaarde was dat my pa moes belowe dat hy my kleinboetie se doeke met die hand sou was (dit was in die tyd voor weggooidoeke).

My pa was só entoesiasties oor die karavaan dat hy tot enigiets sou instem. Hy't natuurlik g'n benul gehad waarvoor hy hom inlaat met die doeke nie, maar 'n week later in Satara se ablusieblok het hy uitgevind.

Op die harde manier. Tot vandag is dié insident in ons huis bekend as Die Dans van die Doeke.

Die kort weergawe is: Hy was te trots om bedags saam met die vroue in die waskamers met die doeke te swoeg. Hy het later, onder die dekmantel van die nag, die doeke in die mansbadkamers gaan "doen".

Eers smokkel hy die emmers, die vuil doeke en die Steri-Nappi-doekwasmiddel tot in 'n toilethokkie, waar hy ses of sewe doeke uitspoel.

Dan verskuif hy sy klandestiene operasie na 'n storthokkie waar hy skoon water in die emmers moet tap. Hy sit die emmer vol vuil doeke op sy skouer en staan in die stort terwyl hy voel-voel die kraan met die een hand oopdraai. Met die ander hand voel hy bo in die emmer wanneer die watervlak tot naby die rand gestyg het.

Een slag, ná 'n lang nag van skelm doeke was, haak die emmer se hingsel met die afkomslag aan 'n stortkraan. Die gevolg was dat hy die hele emmer se inhoud oor homself uitgegiet het. "Daai nag het hy gesweer ons kamp nooit weer nie," onthou ek met 'n wrang glimlag.

"Karavaanvakansies is dan selfs erger as wat ek gedink het," sê my vrou. Karavaanhumor is skynbaar nie haar ding nie. Maar nou's ek opgewarm vir karavaanstories.

"Dis nog niks nie," sê ek driftig, "selfs net om gevoed en skoon te bly, is 'n vreeslike roetine."

Wanneer die ontbytskottelgoed klaar gewas en die tent gevee is, is dit amper teetyd. Wanneer dít klaar is, moet jy aan middagete begin dink. En so gaan dit aan. Tussendeur probeer jy nog vakansiegoed inpas, soos om strand toe gaan of te gaan ry om wild te kyk.

Saans om elfuur, as jy gelukkig is, val jy uitgeput op die karavaanbedjie neer, moeg gesukkel. Ek haal my oë vir 'n oomblik van die pad af en kyk reguit vir haar. "Ek sê jou, 'n mens werk harder as by jou eie huis."

"Oukei, ek dink jy begin nou 'n bietjie oordryf," sê my vrou. "Vir wat sal enige nugter mens dan op 'n karavaanvakansie gaan?"

Die Mosselbaai-afrit swiep aan die linkerkant verby. Dis 'n vraag wat ek al jare mee worstel. Ek kan eerlikwaar nie sê nie.

In die verte weerkaats die karavane en tente wat soos sardientjies op Hartenbos ingeryg is. Dít vuur my verder aan.

Op vakansie probeer jy wegkom van alles af, maar voor jy jou kan kry, kruis jy tenttoue met twee vreemde en onvoorspelbare gesinne weerskante van jou. En dis nie asof jy hulle – of veral hulle kinders – kan ignoreer nie.

Soos klokslag, nes jy ná middagete die karavaan se vensters oopgooi vir 'n koel luggie sodat jy 'n bietjie kan skuinslê, kom 'n klein wettertjie op sy vervloekte plastiekmotorfietsie verbygeklater asof hy 'n geruite vlag net onder jou venster is.

En as jy teen skemertyd jou vuur aan die gang kry, kom die klein twak se pa gewoonlik oorgedrentel met dieselfde familiariteit asof julle saam 'n drie-maandekamp op Oshakati gedoen het.

Dan moet jy sy *spareribs* of hoendervlerkies proe wat hy spesiaal in Coke en melk gemarineer het.

Ons het selfs een keer aan 'n hoender geproe wat die brandweerhoof in die karavaan langs ons die oggend in Germiston in foelie toegedraai het en op die *manifold* van sy Cortina vasgemaak het. Vier ure later, in Warmbad, was die hoendertjie mooi gaar gery.

Ek onthou nog hoe my pa later sy buurmanne probeer ontduik het: "As jy eers 'n happie gevat het, is jy natuurlik vas vir die res van die vakansie."

My vrou is besig om belangstelling te verloor.

Ons daal in die kloof af na die Kaaimansrivier, net voor Wildernis. "Jy kan bly wees ek leef nog ná dit alles," blaas ek die onderwerp weer aan. "Was jy al in 'n kar as die karavaan begin swaai op 'n afdraande?"

Ek kon sweer sy rol haar oë.

My ma het een keer ons kombi op pad Suidkus toe bestuur toe my pa 'n slapie gevang het. Hy was die heelnag wakker om die karavaan te pak.

Op daai stywe afdraande tussen Howick en Estcourt begin die karavaan skielik buite beheer rondswaai agter die kar. Teen die tyd dat my pa wakker skrik en opvlieg, is ons al in groot moeilikheid.

Eers verskyn die karavaan hier langs die kar aan die linkerkant, en dan swaai hy terug en jy sien hom weer inskuif aan die regterkant. En jy sien hoe die ander karre op die snelweg uit die pad probeer kom.

My pa het dadelik die bevel oorgeneem en in drie rigtings gelyk gepraat. Eers in ons kinders se rigting: "Val plat! Almal lê doodstil!" Toe in my ma se rigting: "Moenie rem trap nie, Maria. In hemelsnaam, gee net vet. Dit klink snaaks, maar trap net die petrol en sleep hom uit die swaai uit." En toe boontoe, in die rigting van die kombi se vuilerige dak: "Ag Here, help ons asseblief uit hierdie situasie uit. Ons het U hulp nodig, so gou as moontlik asseblief."

Ek weet nie hoe ons nié gerol het nie. Miskien het my pa se boontoe-pratery gewerk. Miskien het my ma hom "uit die swaai uit gesleep", of miskien het sy die rem getrap en dít het gewerk. Maar ons het dit gemaak.

DIS 'N WINDLOSE dag en die strandmere tussen Wildernis en Knysna lyk soos swart spieëls. Die inheemse woude word al ruier soos ons aanry.
Dis vroegaand op die Grootrivierpas en die pragtige uitsig oor Nature's Valley vou voor ons oop.

Ons word met ope arms en koeldrankies by die strandhuis ontvang. Nou weet ek die vakansie het regtig aangebreek. 'n Mens ruik die bos, die see en die soet houtreuk van die strandhuis.

Die kinders smeek ons om te gaan swem en ons stap saam met hulle na die strandmeer. Op pad water toe moet jy deur Sanparke se karavaanpark in die bos stap.

Net langs die hek van die park speel 'n groep studente vlugbal op die grasperk. Hulle lag so dat hulle skaars die bal kan beheer.

Die kampeerplek is stampvol. Dis nou al sterk skemer en die lanterns en kampvure se lig dans teen die boomstamme en die blaredak. Oral sit families en kuier of speel speletjies onder tentafdakke.

Een groep vriende het drie karavane met afdakke in 'n kring staangemaak en nog twee gazebo's met 'n paar tafels en stoele in die middel opgeslaan. Dit lyk soos 'n gesellige klein dorpie. Fietse en kajakke staan oral rond en bont swemhanddoeke hang oor die tenttoue.

"Dis mos nou hoe 'n mens ontspan," dink ek by myself.

Elke nou en dan klink 'n gesellige gelag op 'n ander plek in die kamp op. 'n Groep klein kindertjies hardloop tussen die karavane en tente deur en jil van plesier. Die reuk van boerewors-speserye hang in die lug.

"Dis so lekker hier," sug my vrou.

"Ja dis wonderlik," beaam ek. Ek is besig om sommetjies in my kop te maak. "Ek wonder wat kos een van daai heel klein karavaantjies? Tweedehands, jy weet. Dit kan seker nie veel meer as R30 000 wees nie?"

TEËSPOED OP PAD

In die Kalahari sonder *ghêrs* . . .

Dana Snyman

DINK EK AAN DIE Kalahari noord van Upington, dink ek nie aan doringbome, rooi sandduine en leeus nie. Ek dink aan die dag toe die ratkas van Oupa se Ranchero-bakkie ingegee het.

Eintlik is dit 'n te mak woord: ingegee. Die Ranchero se ratkas het nie "ingegee" nie. Die Ranchero se ratkas het daardie dag soos 'n dier in pyn gesterf.

Die Kgalagadi-oorgrenspark was toe nog die Kalahari-Gemsbokpark. Ek was so ses jaar oud en soos gewoonlik vir die vakansie saam met Oupa en Ouma. Dit was deel van my opvoeding: elke vakansie het dié twee my 'n plek in die land gaan wys wat volgens hulle onontbeerlik was vir my geestelike en morele ontwikkeling. Die Voortrekkermonument was eerste, natuurlik. En toe die Kasteel in Kaapstad. Daarna Bloedrivier, die Randse Paasskou en daarna die riksjas in Durban.

En toe, dáárdie vakansie, die Gemsbokpark se leeus.

Êrens in 'n laai het ek nog foto's wat Ouma op daardie *trip* geneem het: 'n uitfokus-leeumannetjie by 'n watergat, 'n stippeltjie in die verte wat soos 'n eland lyk – en een van Oupa in sy wit stofjas wat onder die Ranchero in loer nadat iets onder ons anderkant Lutzputs eensklaps gesug, toe weemoedig gekraak, en toe begin ringel en klingel het.

"Dis die *ghêrboks*." Oupa het langs die Ranchero orent gekom en teruggeskuif agter die stuurwiel. En toe het hy die Ranchero soos 'n Spitfire op 'n aanloopbaan opge-*rev* terwyl ons stadig vorentoe beweeg. Eerste rat. Tweede rat. Maar toe Oupa hom in derde druk, toe is dit weer daardie troostelose klanke. Terug in tweede. Terug in eerste. Dit was kompleet asof iets die laaste stuiptrekkings gee onder ons.

Dit was eintlik 'n verligting toe Oupa die enjin afskakel.

"Nou't ons nie meer *ghêrs* nie, Mammie," het hy gesê en sy kop tot op die stuurwiel laat sak. Dit was al laatmiddag en daardie wêreld was toe nog leër as nou: 60 km se niks tussen Lutzputs en Keimoes.

Dit is vreemd hoe die natuur 'n bedreiging word wanneer jy langs die pad gestrand is. Jy is opeens bewus van elke geluid, elke beweging. Ek het gedink aan die honger hiënas in Jamie Uys se fliek *Dirkie* wat in ons inry gewys het – en begin huil.

Ouma het gesug; en later het Oupa sy harde helm – een van daardies wat die ou ontdekkingsreisigers gedra het – afgehaal en gebid: "Dierbare Vader, ons wil U hulp vra. Ons sit hier in die Kalahari sonder *ghêrs* . . ."

"Jy jok, Bok," het Ouma hom in die rede geval. "Wat van *reverse*?"

Dit was die eerste van twee lesse oor die langpad wat ek daardie dag geleer het: Moet nooit desperate dinge doen voordat jy nie ál die logiese moontlikhede probeer het nie. Want met die Ranchero se trurat was niks fout nie. Dit was net 'n gesukkel om hom in die smal grondpad om te draai. Maar nie lank nie, toe loei die Spitfire weer, en toe beweeg ons – reguit Keimoes toe in trurat. Met Ouma wat benoud roep: "Gaan meer links, Bok! Jy's nou in die veld!"

Ouma – sy moes navigeer, want Oupa had 'n stywe nek – het op haar waardigste by die Ranchero se ruit uitgekyk: "Ek sê: Linnnkkksss!"

"Maar ek gaan dan links, Mammie."

"Die ander linkerkant."

Om so ver in trurat te ry is 'n bietjie soos om in die ruimte te reis, stel ek my voor. Jy is later nie meer seker van jou links en regs, jou voor en agter nie. Daarom moes Ouma haarself daardie middag meer as een keer korrigeer. Tog het ons goed gevorder, al het Oupa kwaai onder die helm gesweet en al was Ouma later met albei knieë op die sitplek, haar kop by die venster uit, besig om te navigeer.

Hoe lank ons daardie 60 km getrurat het, weet ek nie. Dalk twee uur. Dalk drie. Êrens het Oupa stilgehou, onthou ek, sodat Ouma die dooie muggies van haar bril kon vee.

Dit was al sterk skemer toe Keimoes se liggies agter – wel, voor – ons verskyn. Oupa se helm het nou op die paneelbord rondgeskuif en Ouma het halflyf by die venster uitgehang: "Meer mittel toe, Bok! Meer mittel toe!"

En toe het ek my tweede langpad-les daardie dag geleer: Teëspoed is nooit verby voordat dit verby is nie. Net buite Keimoes was daar opeens teerpad. Ouma het Oupa die linkerbaan in genavigeer, en, ja dit was seker die regte besluit, want in die linkerbaan het die Ranchero se neus in die regte rigting gewys, hoewel ons in die verkeerde rigting gery het.

Oupa het die Ranchero vir oulaas gemoor. Die helm was nou weer terug op sy kop en hy het so effe geglimlag daar waar hy agter die stuurwiel sit en kyk het hoe die teëspoed van ons af wegskuif.

Ek kan nie die volgorde van als mooi onthou nie. Ek weet net daar was 'n draai – en toe was daar 'n motor, reguit op pad na ons toe. En ons na hom toe. Ouma, steeds halflyf by die venster uit, het gegil, en Oupa het met geweld van die pad geswaai. En daar was stof. En 'n toetergeskal. En remme.

En nadat als bedaar het, het Ouma die Ranchero se deur oopgeswaai en vir my gesê: "Hardloop gou terug, Theun, en gaan kyk tog of jy nie jou ouma the valthtande êrenth thien lê nie."

Papwiele en papsakke

Jaco Kirsten

*E*K IS MISKIEN nie altyd die skerpste potlood in die blikkie nie, maar ek het die vermoë om sekere nommers te onthou. My ou weermag-magsnommer: 85450732. Of my ouboet s'n: 78583135. Of my R4-geweer se reeksnommer: 707049. Of die registrasienommer van 'n koshuismaat op universiteit, Coert, se goue Toyota Conquest 1300: MYT 197 T.

Vier van ons is met Coert se Conquest van Potchefstroom na Pretoria vir die naweek. Die ander twee passasiers was Coert se meisie, Sonja, en 'n vriend genaamd Arrie. Arrie, wat met sy vaal krullebol en dik, ronde bril gelyk het soos 'n kernfisikus, was op pad om te gaan ontspan met ligte leesstof. Iets soos Stephen Hawking se *A Brief History of Time*.

Sonja het by haar ma-hulle gekuier en Coert en ek het rondgekuier in Pretoria se watergate. Petrolgeld was min, en sou ons te veel petrol ingooi, was daar dalk te min geld vir bier. Toe gooi ons elke keer net R2 se petrol in. As ek reg onthou, het petrol in 1989 nog minder as R1 per liter gekos.

Saterdagmiddag, net voor die drankwinkels sluit, het Coert en ek vir ons elkeen 'n boks wyn gekoop by 'n drankwinkel in Pretoria-Noord. Ek kan nie die naam van die straat onthou nie, maar toe ek onlangs kyk na 'n straatkaart van daai gebied, val dit my op dat die strate in die omgewing van die drankwinkel name soos Koos de la Rey, Genl. De Wet en Gerrit Maritz het.

Met al dié oorlogsname in die omtrek, was dit seker geen verrassing dat dit na bakleiwyn geproe het nie. Die naam ontgaan my nou, maar ek onthou dit was 'n rooi "versnit". Want geen enkele kultivar mag alleen die blaam dra vir daai batterysuur nie.

Coert se ma-hulle was weg en die huis was ons s'n. 'n Ou meisie van my en haar vriendin het die aand kom kuier in Coert-hulle se huis in Danie Theron-straat. Ek weet ons het in 'n stadium Bach se Toccata en Fuga in D-mineur geluister. Dis mos daai orrelmusiek wat klink of Dracula in die skadu's van 'n slapende meisie se slaapkamer skuil.

Die volgende dag het ons almal opgelaai en koers gekies terug Potch toe. Om die een of ander rede wat my vandag, sewentien jaar later, totaal en al ontgaan, was ek agter die stuur van Coert se Conquest.

Ons was nog lustig aan die ry, toe die pad in die omgewing van Western Deep Levels-myn skielik van 'n dubbelbaan na 'n enkelbaan vernou. En daar tref ek toe die moeder van alle slaggate. Met genade van bo het ek daarin geslaag om die Conquest in die pad te hou, want die een band het gebars.

Wanneer dinge skeefloop op die langpad, beleef jy altyd 'n paar stadiums. Die eerste is wanneer jy gekonfronteer word met die probleem. Dit neem jou 'n minuut of twee om tot verhaal te kom. Dan begin jy dink dat jy dit vinnig sal oplos.

Ons het die gebarste band omgeruil. Of wag, ék het die band omgeruil. Die ander het die boks wyn uitgehaal en begin raadgee oor dinge soos waar hulle dink die domkrag moet kom en hoe styf die wielmoere vasgedraai moet word.

Toe kom ons agter dat nóg 'n wiel ook intussen pap geword het. En soos alle motors het die Conquest net een spaarwiel gehad. Boggher.

"Wat nou?" het Sonja gevra. Ek het voorgestel dat ons 'n soortgelyke motor stop en vra of ons nie sy spaarwiel kan leen tot op Potchefstroom, so 50 km verder nie.

Blink plan. Maar daar was net een probleem. Niemand wat wel stilgehou het, se wiele kon op die Conquest pas nie. Ek dink dit was omdat hy vier wielmoere gehad het en die ander motors vyf, of so iets. Die feit was, ons was gestrand. En dit het al hoe later geword.

Omdat ek agter die stuur was tydens die voorval, het ek besluit om te gaan hulp soek, met die pap wiel onder die arm. Wie weet, dalk was daar 'n plek op Fochville waar ek kon regkom.

Ná 'n uur of twee het 'n mynwerker wat sy skof voltooi het, by ons gestop en my 'n geleentheid na Fochville gegee. Die plek was so stil soos 'n kerkhof. Net die vulstasies was oop en die naaste wat ek aan 'n bandherstelplek kon kom, was die rubberige smaak van die garage-*pies*.

My Samaritaan het my toe maar weer teruggevat motor toe. Ek dink hy was bang ons was soos Koos Meyer, die lengendariese Stellenbosse storieverteller, en sy studentemaats wat in die ou dae langs die pad gaan staan het met 'n motor sonder enjin en deur hulpvaardige mense "tot op die volgende dorp" gesleep is. So het hulle lekker gereis.

Soos ons nader aan die Conquest gekom het, het ek al hoe meer lugtig begin raak. Sê nou maar net die klomp het begin moed verloor? Sê nou Sonja was in trane. Dalk het Arrie besete geraak. En Coert, wat sou hy doen as sy sigarette opraak?

Toe ons daar stilhou, was ek verlig om te sien my vrese was ongegrond. Want hulle was al klaar met Coert se boks wyn en het pas met myne begin. En dit het gelyk of Coert nog baie Winfields oorgehad het.

Trouens, in kontras met my, het hulle opgewek gelyk. "Hei, Jakes, dalk moet jy Carletonville *try*," het hy vrolik gesê.

Daarna het ek weer 'n geleentheid gesmeek saam met 'n swart man in 'n blou *overall* in 'n wit bakkie. Dié slag is ek en die band Carletonville toe. Weer was daar geen hulp nie. Dit was asof my moed in een van Carletonville se berugte sinkgate wegsak.

Jare later het ek 'n meisie van Carletonville gehad. So mooi as wat sy was, het 'n paar dinge begin krap. Sy het heeltyd haar Ford XR3 gery dat hy brul, terwyl haar regterelmboog by die venster uithang. Boonop was daar amper altyd 'n Chesterfield in haar mondhoek.

Haar pa se kleinhoewe was vol voertuie in wisselende stadiums van herstel. En daar was baie *rims* en bande in die agterplaas. Ja, so werk die lewe mos. As ek haar vroeër geken het, het haar pa vir ons 'n band gehad, hy't sommer ook gou 'n *freeflow exhaust* opgesit, terwyl die tannie vir ons koffie maak.

Toe ek na dié probeerslag by die Conquest stilhou, was almal al so vrolik, ek kon sweer hulle was teleurgesteld dat ek terug is. Ek was so verlig dat ek nie omgegee het dat my boks wyn al erg begin bloei het nie. "Hei, hoe lyk dit met die band?" het Arrie gegrynslag.

Dit was al ou nag en toe besluit ons maar om in die motor te slaap. Vier mense in 'n Conquest. Toe vat ek ook maar 'n slukkie of twee van die wyn om te kan slaap.

Vroeg die volgende oggend het 'n skofbaas van die myn by ons stilgehou. Vir die soveelste keer het ek die hartseerstorie vertel. "Kom, spring in, ek ken 'n plek wat bande regmaak," het hy gesê.

Buitendien was dit Maandagoggend. Dinge het beter begin lyk. Ook nie lank nie, toe kry ons 'n plek wat die band van binne verseël met 'n *patch* so groot soos 'n doilie. Boonop het die vriendelike skofbaas my teruggevat motor toe. Uiteindelik kon ons die pad vat Potch toe.

Maar so twintig kilometer verder ruik ons rubber wat brand. Toe ons stilhou, kom ons agter die band het finaal gedisintegreer.

Boonop was die wyn ook al op. Ons het geld bymekaargegooi, want ek moes in Potch 'n goedkoop, versoolde band gaan koop en toe 'n geleentheid soek terug motor toe. Toe gooi ek maar weer duim, die band styf onder my arm asof ons 'n Siamese tweeling is.

Ek kry toe 'n geleentheid by die eienaar van 'n eetplek op die dorp, wat my reguit koshuis toe gevat het. Daar het my buurman Frikkie aangebied om te help.

Die res van die storie is effens vervelig. Ons het die band op die Conquest gesit en Potch sonder verdere voorval teen middagete binne gery.

Die volgende dag vra 'n professor my waar ek Maandagoggend was. "Jis professor, ons het Sondagaand groot teëspoed gehad. Ek het 'n slaggat getref en toe verloor ons twee bande . . ." Hy't my 'n snaakse kyk gegee en aangegaan met die klas.

'n Paar weke later kla hy oor ons klasbywoning. "En," vervolg hy lakonies, "moet net nie vir my kom staan en vertel dat jy 'n slaggat getref het op pad na Potch nie."

Later was ek besig om 'n bier te drink en snert te praat in Coert se kamer toe my oog val op 'n boek met Afrika-spreuke. Ek begin blaai, dit val oop by 'n bladsy en ek sien die volgende Nigeriese spreuk: "Luister eerder drie maal na die raad van 'n goeie vriend as na die raad van drie vriende."

Chaos by die grenspos

Dana Snyman

NET NÁ ELFUUR die oggend hou ek by Kazungula-grenspos stil, aan die Zimbabwe-kant. Buite warrel papiere en plastieksakke in die wind rond.

Eintlik is die meeste Afrika-grensposte presies dieselfde plek, dink ek, en kyk na die afgeleefde geboutjies voor my.

Die geboue smag altyd na verf, die ruite is altyd vol barste, die plante altyd verdor, die tiekiebokse altyd stukkend.

Ek klim uit die kar en stap na die geboutjie waarop staan: "Immigration".

"I want to show you this, Sir," sê 'n jong man skielik langs my. Hy dra 'n T-hemp met David Beckham se gesig daarop en hou 'n kameelperd wat uit mukwahout gekerf is, in die lug. "Just R450, Sir. Please."

"Jammer, my vriend," jok ek. "Ek't geen rande by my nie."

"OK, give me only two million Zim dollar then."

Ek systap hom, maar kom nie by Immigrasie in nie. Die ry mense staan by die deur uit, want kort voordat ek hier stilgehou het, het 'n bus aangekom. Ek draai om en stap na Doeane langsaan, met David Beckham agterna: "Just two million Zim dollar, Sir. I want to buy food, Sir."

By Doeane, kan ek sien, gaan ek ook nie gou gehelp word nie. Die amptenaar agter die toonbank is gewikkel in intense onderhandelings met 'n Indiër-sakeman met 'n breë, goue ketting om die pols. Dit klink of die Indiër vyfhonderd China-vervaardigde safaripakke die land wil inneem, maar dis blykbaar 'n probleem.

Ek slaan my oë op na die foto van pres. Robert Mugabe wat skeef teen die oorkantste muur hang en 'n wakende oog oor die toneel hou.

Ek wag.

Ná 'n ruk kry die Indiër die groen lig: Daardie safaripakke mag maar Zimbabwe in. Nou is dit my beurt. Ek sit my paspoort en my motor se registrasiebewys neer en flits my mooiste glimlag vir die amptenaar.

"Het jy versekering vir Zimbabwe?" vra hy sonder om na my goed te kyk.

"Versekering? Watse versekering?"

"Jy moet ekstra versekering vir jou kar hê voor jy in die land kan kom."

Dit help nie om in sulke gevalle te redekawel nie, dit het ek al geleer. En omkoopgeld oorweeg ek nie eens nie.

Ek hoor dikwels mense vertel hoe onbekwaam immigrasiebeamptes in Afrika is. Dis nie waar nie. Die oorweldigende meerderheid van hulle is *super*-bekwaam: Dis juis dié bekwaamheid wat soms so aan 'n mens krap: Elke vorm word nougeset ingevul, elke dokument fyn bestudeer, elke subseksie van elke wet word tot op die letter uitgevoer. (Ek het al 'n kwartier lank staan en kyk hoe 'n Angolese grensposman deur woorde soos asetielsisteïen en enkefalografie worstel in daardie onverstaanbare brosjure wat jy in die Disprin-pakkies kry – en dít net om seker te maak dis wel Disprins in die pakkie.)

In die kantoortjie waar ek die bykomende versekering moet koop, is twee stoele, 'n lessenaar en 'n plastiekroosboompie in 'n pot. Ek stap in. Teen die muur agter die lessenaar, langs 'n kalender met 'n foto van die Victoria-waterval, het iemand 'n spreuk van ene Patience Strong opgeplak: "Man was born to suffer and a bird to fly."

"CAN I HELP?" vra 'n stem agter my. Ek swaai om, vas in 'n man met die donkerste van nagemaakte Police-sonbrille oor sy oë. Geen grenspos kan funksioneer sonder twee of drie van dié donkerbrilmanne nie. Hulle glimlag nie sommer nie, hulle skoene blink gewoonlik soos Volksie-wieldoppe, en hulle voer hulle taak met onrusbarende erns uit.

Hy skuif agter die lessenaar in – donkerbril steeds in posisie – en beduie vir my ek moet sit. Hy bestudeer my dokumente tydsaam voordat hy vra: "Kan ek jou rybewys sien?"

My rybewys lê in die motor. Ai tog. Maar dit gaan nie help om te redekawel nie. Ek draf oor die parkeerterrein. David Beckham gewaar my en agtervolg my met sy kameelperd deur die wind wat nou sommer sterk waai: "Just one-and-a-half million Zim dollar, Sir. Please, Sir. I'm hungry, Sir."

Op die doeanekantoor se stoep is 'n man besig om die stukkende tiekieboks hard met die vuis by te dam. Terug in die kantoortjie sit ek my rybewys voor die donkerbrilman neer.

"I need your vehicle permit for Botswana also," sê hy.

Ek byt op my tande. Dié permit is óók in die motor. Boonop maak dit nie sin nie: Wat het my Botswana-permit met bykomende Zimbabwiese versekering te doen? Maar redekawel gaan nie help nie. Ek draf weer deur die stof, met David Beckham en sy kameelperd weer agterna: "Please, Sir. Only one million Zim dollar, Sir."

"Leave me alone, my friend," smeek ek by hom. "Please. I already have a giraffe like that one at home. Please."

"Only 500 000 Zim dollar, Sir."

Uiteindelik is die donkerbrilman tevrede. Hy het al die nodige dokumente om te begin met sy vernaamste taak: Die invul van die versekeringsvorm. Dit neem ongeveer tien minute. Dan wil hy R160 hê. Daarna volg sy burokratiese hoogtepunt: Die uitskryf van die kwitansie.

Ek staan telkens verwonderd voor die noukeurigheid, tydsaamheid en sorg waarmee grensposmense papiere met die hand invul. Dis asof die hele triplikaat-tegniek hier iewers by 'n grenspos uitgevind is en na die res van die wêreld se burokrate uitgevoer is.

Dan, eindelik, het ek my bykomende voertuigversekering, 'n dokument omtrent so groot soos 'n pak Paul Revere 30.

MET DIE DOKUMENT in my hand stap ek terug na die doeanekantoor. In die ry voor my staan 'n gapende vragmotorbestuurder. Hy vertel hy het 43 uur gelede uit die Kaap vertrek met 'n besending damesykouse.

Ek sit die bewys vir my bykomende versekering met iets soos trots saam met my ander dokumente voor die amptenaar op die toonbank neer. Hy kyk daarna en vra: "Where's the receipt for your emission tax?"

"Emission tax?"

In Zimbabwe moet jy deesdae belasting op jou motor se uitlaatgasse betaal. Ja, regtig. Maar redekawel help nie. Jy met jou redelik nuwe Polo moet net so veel betaal as die ou wat netnou hier voor in 'n rookwolk stilgehou het in sy '89 Datsun Laurel.

"R180," sê die man by die uitlaatgasbelastingtoonbank.

Ek voel in my sak. Ek het net R100 by my; die res van my Suid-Afrikaanse geld is onder my motor se sitplek. "Can I pay you in Zim dollar?" vra ek.

Hy skud sy kop. Hulle aanvaar nie Zimbabwe-dollar in Zimbabwe nie. "We only except rand and American dollar."

Ek vat my dokumente en draf weer die wind in, terug motor toe. Ek sluit die deur oop en grawe 'n R200-noot onder die sitplek uit.

"Please, Sir. Only 10 000 Zim dollar. I'm hungry." Dis weer David Beckham met sy dekselse kameelperd.

Ek swaai só vinnig om dat my motorsleutels uit my hand val. En toe ek buk om dit op te tel, gryp die wind die dokumente van die voorsitplek af.

"He-e-el-l-lp!" hoor ek myself skreeu terwyl ek oor die parkeerterrein agter die warrelende papiere aan hardloop. Die motor se voertuigpermit vir Botswana kry ek ingehaal voordat dit die hek bereik. Maar daardie versekeringsbewys en kwitansie kry ek nie gevang nie: Dit waai die Zimbabwiese ooptes in, en die hekwag weier om my te laat deurgaan. Ek het 'n hekpas nodig. En om 'n hekpas te kry het ek daardie weggewaaide dokumente nodig. *Catch 22.*

Ek stap weer na die donkerbrilman se kantoortjie. Ek verduidelik wat gebeur het, maar hy trek sy skouers op: Jammer, hy kan slegs vir my 'n bewys vir die bykomende versekering gee as ek hom nog R160 betaal.

Dis nou amper halfeen. Ek kyk vir 'n paar oomblikke oor die windverwaaide wêreld uit: Die karige geboutjies, die rokende Nissan Laurel, David Beckham met sy kameelperd, die stukkende tiekieboks, die Indiër met sy vyfhonderd safaripakke, die moeë lorriebestuurder met sy besending sykouse.

"Why is it always such a struggle at border posts?" vra ek die donkerbrilman. "Please tell me, Sir."

Hy kyk na my. En dan, sonder om 'n woord te sê, wys hy met sy duim oor sy skouer na die spreuk agter hom teen die muur: "Man was born to suffer and a bird to fly."

Vliegvoos en vlugvies

Jaco Kirsten

*H*IER EN DAAR is 'n uitvinding wat, as hulle skeppers eers móói daaroor gedink het, dalk nooit die lewenslig moes aanskou nie. Neem byvoorbeeld vlieg. Of meer spesifiek: vlieg op 'n passasiersvliegtuig.

Want as Wilbur en Orville Wright se kristalbal meer as 'n eeu gelede vir hulle kon wys waartoe hulle uitvinding sou lei – SAL se ontbyt op 33 000 voet bo seevlak – het hulle stellig hulle tyd en energie op die ontwikkeling van iets soos 'n trekkerlose ploeg gefokus. En die wêreld sou 'n beter plek gewees het. Staatshoofde sou mekaar probeer oortref het met hul groot ploeë. Rocksterre sou vergulde ploeë gehad het. MTV sou 'n reeks, *Pimp your Plow*, gehad het. Belastingbetalers sou minder opgedok het vir 'n geploeëry as vir 'n "sakereis-vakansie" na Doebai deur 'n adjunkpresident.

Ek weet nie hoeveel duisende kilometers ek al plaaslik en internasionaal gevlieg het nie. Ek gee ook nie meer om nie. Ek is vlugvoos en vlugvies.

HOU JY DAARVAN om in sirkels te ry op soek na parkeerplek? Is dit vir jou lekker om in 'n ry te staan? Welkom by die lughawe!

Dan is daar die busrit vliegtuig toe. Eenkeer, by die Kaapse lughawe, het die busbestuurder skielik stilgehou en uitgeklim om iets te gaan doen. En toe wag ons. En wag. Het ek genoem dit was 'n warm dag en dat hy nié die bus se deure oopgemaak het nie? Ná 'n paar minute se geswete besluit ek om pro-aktief te wees en klouter bo-oor die afskorting tot in die bestuurder se sitplek. Die een helfte van die bus het waarskynlik gedink ek is mal en die ander helfte ... ek hoop hulle het anders gedink.

Toe begin ek knoppe druk om die deure oop te kry. Die eerste knop het die linkerkant van die bus laat sak. Die tweede knop, die regterkant. En toe ek weer sien, staan die busbestuurder langs my en vra my wat dink ek doen ek.

Ek het beduie na die passasiers wat soos lede van 'n Turkse stoombadskaakklub gelyk het. Dit het nie gelyk of hy snap wat hy verkeerd gedoen het nie.

Dan is jy in die lughawegebou, opge*charge* om teen 900 km/h deur die lug te klief met 'n koerant op jou skoot. Vat so, Superman! Die enigste probleem is dat jy eers vir 'n lang ruk in 'n lang ry moet staan om in te *check*.

Al ooit gewonder hoekom hulle praat van in*check*? Dit maak nie sin nie. Hulle moet eerder praat van úít*check*. Want almal *check* mekaar uit. Watter ry beweeg die vinnigste? Waar gaan 'n nuwe toonbank oopmaak? Gaan ek daar kan inglip voor die oorgewig ou met sy vier Samsonite-tasse en gholfsak?

Voor jou staan 'n Amerikaanse egpaar met 'n hout kameelperd. Hoekom kan die vrou nie ophou babbel in haar harde, nasale stem nie? Hoekom moet hulle bagasie so snaaks aangestuur word – die tasse via die Bahamas, die kameelperd via Tokio en die *vanity case* via Parys – na Atlanta?

Ek het die gawe om altyd agter 'n "moeilike" persoon in so 'n ry te beland. Iemand wat sy kaartjie wil verander. Sy vlugtyd verander. Sy geslag verander.

DIE VOLGENDE STAP is wanneer jy aan boord gaan. Kyk gerus wat gebeur. Wanneer jy by die vliegtuig se deur instap, kyk hulle na jou kaartjie en sê: "Twenty-two B!" Uhm, halloooou. Ek kán lees. Vertel my iets wat ek nie weet nie.

Dan stap jy na jou sitplek. Dit verstom my elke keer dat mense nie kan uitpluis watter sitplek hulle s'n is nie. Jou sitpleknommer is op jou kaartjie. Én bo elke sitplek. En dan sit daar iemand op jou plek. Die snaakse ding is dat dit in baie gevalle lyk na mense wat belangrike sakemanne is. Wat hou die ekonomie aan die gang? Is dit nie dalk 'n bewys dat die Illuminati wél agter alles sit nie?

Dan, nadat jy jou sit gekry het, is daar die ongemaklike sosiale interaksie. Jy sit vir 'n paar uur teenaan iemand wat jy elders soos die pes sou vermy.

Gepraat van pes, kort nadat nuus van die gevreesde SARS-virus rugbaar geraak het, stap ek na my sitplek. Mý sitplek. En daar, in die sitplek langs myne, sit 'n bevreesde oorsese vrou met een van daai gesigmaskers op. Vir die kieme, sien.

Tydens die vlug het ons nou nie juis gepraat dat die spoeg so spat nie. Om die waarheid te sê, ons het níks gepraat nie.

As almal mooi hulle sit gekry het, begin die lugwaardin die veiligheidsdrils verduidelik. As sy so nou en dan sou oorslaan na antieke Aramees, is ek seker niemand sou dit eers agterkom nie. Niemand luister nie. As ék 'n redery bestuur, sal ek die veiligheidsinstruksies verkort na: "Luister mense, hou jou hande weg van die deure as ons vlieg. Los die kaptein uit, hy vlieg. Moenie die ou langs jou verveel met simpel praatjies nie. Moenie te dronk raak nie en kou in vadersnaam met 'n toe mond. As jy 'n goeie vraag het, steek jou hand op. Oukei, geniet jou vlug."

'n Kollega het die gewoonte om, wanneer 'n lugwaardin vir hom vra: "Chicken or beef?" met 'n glimlag te antwoord: "Dit maak nie saak nie."

Die lugwaardin glimlag gewoonlik dan effens verward, want hulle is nie geprogrammeer om droë humor te hanteer nie.

'N PAAR JAAR gelede vlieg 'n groep van ons Duitsland toe. In besigheidsklas nogal. Langs een van ons was 'n Duitser in sy 30's. Maar iets was nie pluis nie. Dit was nog oukei dat hy die heeltyd op en af in die gang geloop het met vreemde goue oorfone op sy kop. Maar toe hy vir een van ons begin vertel dat hy "weet" sy ma het "agente" gestuur om op hom in Suid-Afrika te kom spioeneer – omdat sy nie wil hê hy moet so suksesvol wees nie – toe begin ons bekommerd raak.

Toe hy begin uitwei oor haar "sabotasie", waarvoor hy ongelukkig nog nie tasbare bewyse het nie ("my ma is baie slim"), toe begin ons suutjies sy eetgerei versteek.

Dis die probleem met besigheidsklas – psigopate en skerp metaaleetgerei. Dinge is meer ingewikkeld hier. In ekonomiese klas het jy te kampe met eenvoudige goed soos trombose in jou bene en dronkenskap.

Oor kinders op vliegtuie wil ek nie te veel sê nie. Netnou sê mense ek is anti-sosiaal. Dus gaan ek eerder 'n Australiese komediant aanhaal wat gesê het dat as die kajuit drukking verloor en die suurstofmaskers word ontplooi, jy nie een vir jou kind moet gee nie. "Boggher hom, want as hy die Playstation kan uitpluis, kan hy 'n suurstofmasker uitpluis."

Die mens is nie geskape om op sy gemak te wees op 30 000 voet in die lug nie. Vir sommige is dit egter veel meer traumaties as ander. Ek het eenkeer op 'n vlug van Johannesburg na Kaapstad langs 'n vrou gesit. Sy was netjies geklee in 'n tweestukpak en saam met 'n kollega. Ons het hoflik gegroet en reggemaak om op te styg. Wel, dis wat ek gedoen het – sy't haar voorberei op 'n vliegongeluk, want ek het nog nooit so 'n geval van vlugvrees gesien nie. Nie eers ons Malteser hiperventileer so as ek droëwors uit die yskas haal nie.

Dit was iets vreesliks. Elke nou en dan lyk dit of sy min of meer tot bedaring kom, maar dan "pieng" die interkom of die "sitplekgordel vas"-liggie gaan aan. En voor jy kan sê "droëwors", begin sy weer ernstig kortasem raak.

Ná 'n ruk, tydens een van haar kalmer oomblikke, begin ek met haar gesels om haar gerus te stel. "Moenie sleg voel nie, almal is soms maar bekommerd oor vlieg," probeer ek. Sy sê niks en glimlag net flou.

"Ek het kwaai hoogtevrees," probeer ek die ys breek.

"Regtig?" vra sy. Ek voel die gety begin draai.

"Ja, en ek was ook maar bang voor my eerste valskermsprong . . ."

"Valskerm?! Uit 'n vliegtuig?!" vra sy grootoog.

"Ja, maar dis nie so . . ."

"OH MY GOD!" Dit was asof ek 'n hele streepsak droëwors te voorskyn gebring het.

En toe die kostrollie verbykom, besluit ek, ek moet haar die ongelooflike storie vertel van die groep rugbyspelers wie se vliegtuig in die Andes geval het en hoe party van hulle oorleef het deur hul dooie spanlede te eet.

Maar toe ek die beesbredie sien, toe bedink ek myself.

Hier's perde...

Jaco Kirsten

DIE AMERIKANERS PRAAT van *closure*. Wanneer jy 'n sirkel voltooi. Of in my geval sal dit meer korrek wees om te praat van die opklim van 'n perd wat my afgegooi het. Al was dit meer as twaalf jaar later.

Dit was nie eens 'n baie groot perd nie. Maar enigiemand wat al met die perd Kwaaiman te doen gekry het, sal vir jou vertel dié perd het groot skop in sy klein lyf.

My storie moet ek gaan haal in Durban, iewers in die vroeë jare negentig op besoek aan ouboet Tiaan. "Kom," het hy gesê, "laat ek jou iets wys."

En toe haal hy 'n groen bottel met 'n skroefprop uit. So 'n swart etiket met 'n wit perd wat nes die Ferrari-perd op sy agterpote staan. Jy kon omtrent hoor hoe hy runnik. En in groot wit letters bo die perd was die naam: Kwaaiman.

Die eerste fout wat mense maak, is om krag gelyk te stel aan grootte. Daar was miskien een perd op daai bottel, maar wat perdekrag binne-in betref was daar net soveel skop soos die hele wegspringrooster vir die July.

Dit vind ek toe daai aand uit. Maar die Kwaaiman was slinks. Sy soet smaak was soos 'n rustige stap deur die veld. Maar kort voor lank het dit oorgegaan in 'n galop – net om 'n paar uur later te ontaard in 'n blindelingse vlug deur 'n donker vallei, met my agterop.

Die volgende oggend het die woorde van die gedig "Die ruiter van Skimmelperdpan" deur my kop geflits: "Op 'n pad wat lei na die Skimmelperdpan op 'n draai deur die nek van die kloof; het 'n bom in die oorlog 'n vlugtende man op sy perd soos 'n swaardslag onthoof..."

As Kwaaiman se angsvlug deur 'n vallei van doodskadu's maar net vir 'n vinnige onthowing gesorg het, dan was dit die volgende oggend nie vir my nodig om die hoofpyn te getrotseer het nie. ". . . altyd die galop, die galop," soos die gedig so gepas beskryf.

Onlangs praat ek en 'n vriend oor soetwyn en voor ek my kom kry, doem Kwaaiman weer soos 'n fantoom voor my geestesoog op.

"Ken jy Kwaaiman," vra ek.

"Kwaaiman?"

"Gmf, as jy hom geken het, sou jy nie daai vraag gevra het nie."

Ek wil hom gaan soek, besluit ek daar en dan. Maar hoe gemaak as niemand al van die Kwaaiman gehoor het nie?

Al wat ek geweet het, is dat my broer destyds gesê het hy't dit in die De Rust-omgewing naby Oudtshoorn gekoop. Hmm, maar die hele Klein Karoo is soetwynwêreld. "Montaguuuu, ek drink jou muskadel," sing David Kramer mos.

Dit was ook nie lank nie, toe besluit ek om koers te kies Klein Karoo toe. Goddank die KKNK was al lank verby, want vir al daai siele met selfone wat vreemde deuntjies speel of wat oopmond bestuur (meestal dieselfde mense) sien ek nie kans nie.

Minder as 'n week voor ons vertrek, bel my vriend opgewonde met die ongelooflike nuus. Hy't die Kwaaiman opgespoor!

En dit raak beter – die oorspronklike plan was om naby De Rust by oom Swepie le Roux-hulle oor te slaap. En raai wie maak die Kwaaiman? Oom Swepie en sy seun Piet!

Die Kwaaiman, het ons egter uitgevind, is nie sommer enige hierjy soetwyn nie. Noem dit selfs eksklusief, want op pad De Rust toe weet niemand van hom nie.

"Ken jy die Kwaaiman," vra ek vir Pieter Ferreira, keldermeester van Graham Beck se kelder naby Robertson.

"Kwaaiman? Nee, nog nooit van hom gehoor nie." Gmf, en ek dog hy ken sy wyn.

Op Montagu gaan dit nie beter nie. Twee tienermeisies kyk ons leepoog aan toe ons by die winkel in die hoofstraat instap. Hulle ken ook nie die Kwaaiman nie.

Op Ladismith drink ons 'n dop in die Royal-hotel – soos in "hier sit die manne..." Vandag is daar egter net twee manne en 'n tante. Die ou man en die tante eet wors en tjips. Ook hulle het nog nooit gehoor van die Kwaaiman nie.

Ons kry elkeen 'n hoenderpastei by die Kleinbosch-plaasstal. Ons hou naderhand ophou tel hoeveel kondoom-uitstallings daar in die klein winkel is. Pasteie, kondome, koeldrank, kondome, tydskrifte, kondome... Die mense hier rond is of pro-aktief óf net plein aktief, is ons gevolgtrekking.

Dan kies ons verder koers met die R62 in die rigting van Oudtshoorn. Net voor Oudtshoorn draai ons regs op die Volmoed-pad en dan, 'n paar kilometer daarna weer regs na Grundheim. Hier maak hulle witblits.

Die een produk het 'n bulterriër op die etiket, maar hy byt nie so erg nie. Dis die mongrel op die Gatskieter wat jou oë laat traan. Of, meer spesifiek, die rissies onder in die bottel. Nadat ons die brandsmaak met Boereblits afgespoel het, kies ons koers na De Rust. Na Kwaaiman se stal.

Maar eers stop ons by die De Rust-hotel. Die meubels in die kroeg lyk soos iets uit 'n personeelkamer in 'n Afrikaanse laerskool van die vroeë jare sewentig of 'n toneel uit die TV-reeks The Man from U.N.C.L.E.

Die asbakke is aan die kroegtoonbank vasgegom. Ek verwag enige tyd dat 'n jong polisiesersant in 'n kortbroek-safaripakuniform met sy Valiant voor die kroeg sal stilhou en hom by ons aansluit.

Die kroegman lyk hartseer. So al of hy weet wat ons weet oor bevorderingsmoontlikhede in die De Rust-hotel.

Ons groet en ry na oom Swepie se plaas Doornkraal. Dis 'n klasssieke volstruispaleis. Hy verwelkom ons en vra of ons koffie wil hê. Ek is effens teleurgesteld, maar die kleur kom terug na my wange toe hy swart koffie met bruinsuiker en KWV-brandewyn bedien. My kerk se mense, dink ek. Hy was immers 21 jaar lank 'n KWV-direksielid.

Ek kan my opgewondeheid oor Kwaaiman skaars beteuel.

Kort voor lank begin oom Swepie vertel. "Ons eerste soetwyn was 'n Kaptein, genoem na een van ons beste perde. Toe vra die manne hier by die Infanterieskool ons moet 'n Majoor bottel as afskeidsgeskenk vir iemand gee wat pas 'n kursus voltooi het.

"Toe vra iemand vir 'n Luitenant en ons bottel hom ook. Dit was nie lank nie, toe bel hulle weer en vra vir 'n bottel vir die belangrikste rang in die leer: Korporaal."

Ek sit op die punt van my stoel. "En Kwaaiman?"

"Ons was op soek na nog 'n naam, toe vra my een dogter: 'Wat van Kwaaiman?' Hy was een van ons beste perde." Ek wou nog byvoeg Kwaaiman kon seker lekker skop, maar ek beteuel myself.

"Waarvan maak julle Kwaaiman?"

"Kwaaiman is 'n muskadel . . . met 'n paar ander wyne in," is al wat oom Swepie sê. Jintelman wat ek is, laat ek dit daar.

Die volgende dag gaan wys sy seun Piet my waar hulle die Kwaaiman maak. Ek voel effens lighoofdig. Uit respek. Ek kry selfs 'n bottel persent. Die bottel is nie meer van glas nie – daai batch was eintlik gebruikte glasbottels wat gevul is, verduidelik hy.

Wat ek kry, is Kwaaiman 2004. Die bottel is van plastiek, met 'n rooi skroefprop. Die etiket is ook kleiner. Maar Kwaaiman staan nog op sy agterpote.

Ek vat 'n sluk. Nog net soveel perdekrag soos altyd. En toe hy so in my maag grondvat, toe besef ek: Hier kom perde.

En ek sê: "Kwaai, man!"

Etosha: Waar die leeus Afrikaans verstaan

Piet Grobler

HULLE SÊ DAAR IS nie 'n werk wat meer gesog is as dié van 'n natuurbewaarder nie. Dis nie heeltemal sonder rede nie, want dis 'n voorreg om op 'n plek te kan werk waar jy heeldag en aldag in die natuur verkeer. Dít terwyl die meeste ander mense baie moet betaal om net 'n bietjie daarvan te ervaar.

Ek was een van daardie bevoorregte mense, 'n natuurbewaarder in die Etosha-wildtuin, een van die regte "manne van die panne". Daardie wêreld se mense praat mos nie van Etosha of die wildtuin nie, hulle praat van die naweek "'n bietjie panne toe gaan".

Die hoofnatuurbewaarder was 'n man wat geglo het alle natuurbewaarders moet gereeld patrollies te perd doen. Dan moes ons elke maandeinde 'n volledige verslag indien.

Ek kan nie onthou presies hoeveel uur se perdepatrollie verpligtend was nie, maar hier aan die einde van die maand moes ons gewoonlik 'n plan maak om die voorgeskrewe kwota vol te kry.

Dié patrollies was soms 'n nagmerrie, veral as jy sou opdrag kry om 'n digbeboste gebied te gaan verken. As jy 'n goeie ruiter was, kon dit dalk lekker gewees het, maar ek het nie in daardie klas geval nie. Ek het darem redelike goeie balans gehad, en miskien om daardie rede het ek nooit van 'n perd afgeval nie.

Daar was ook die lekker van die patrollies, want ek en my perd, Swernoot, wat van poonse afkoms was, het mekaar goed verstaan. Wanneer ek hom op die vlaktes teuels gegee het, het Swernoot dit net soveel soos ek geniet.

Omdat daar gewoonlik leeus in die omgewing was, het die jaag-episodes altyd in ooptes plaasgevind waar 'n mens ver kon sien. Dit was ook nie my plan om onder takke deur te jaag en Absalom-Absalom te probeer speel nie.

Moet nou net nie dink ek was bang nie. Ek was mos een van die "manne van die panne" en ons het nie maklik geskrik nie. Ek was, soos hulle sê, net versigtig.

So gebeur dit dat ek en 'n kollega besluit om 'n patrollie te doen om ons ure "vol te maak". Nie een van ons was al te perd op die Etosha-pan self nie en ons besluit toe om 'n bietjie dieper in die pan te gaan rondry.

Ons het die voertuie met die perde se sleepwaens ver van die pad gelos, op 'n punt iewers tussen Okondeka en Wolfsnes, vir dié wat daardie wêreld ken.

Daarvandaan is ons te perd die pan in. Dit was nogal 'n ekspedisie, maar baie veilig: As daar enige leeus op die pan was, sou ons hulle op 'n goeie afstand kon sien. Hoewel die rit 'n onbeskryflike ervaring was, wil ek nie daaroor uitwei nie. Hierdie storie gaan oor dít wat ons met die terugkeer ervaar het.

En wat 'n ervaring was dit nie!

My kollega, Francois, het 'n perd gery wat kort tevore op Grootfontein gekoop is. Omdat dié perd 'n lyf gehad het wat baie aan dié van 'n renperd herinner het, is hy July gedoop.

TOE ONS UITEINDELIK uit die pan kom en weer "voet aan wal" sit – dis letterlik hoe dit gevoel het – het Francois gereken ons moet kyk wie's eerste terug by die bakkies.

Die twee perde het ook geweet ons was op pad huis toe en het nie op hulle laat wag nie. Aangesien dit oop vlakte was, het hulle op volle vaart reguit na die bakkies toe koers gekies.

'n Hele ent vorentoe, min of meer in ons pad, was daar 'n groot boom, stoksielalleen op die vlakte. Uit die aard van my belangstelling in bome wou ek sommer so in die verbygaan kyk watter soort dit is. Ons het die perde soontoe gestuur.

July was ietwat vinniger as Swernoot en ek het effens agter geraak.

Maar skielik, 'n entjie voor my, het die lyftaal van Francois en sy perd verander. Ek kon sien daar is êrens 'n gróót skroef los. July het eers links gemik en toe regs en toe weer links. In 'n stadium het dit vir my gelyk of Francois sommer so in die hardloop van die perd gaan afklim.

En toe sien ek hulle. LEEUS!

Die hele Okaukuejo-trop van 24 leeus het in die skadu van daardie boom gelê en slaap. Daar was nie tyd om te stop of uit te swaai of selfs op te styg nie. Ons was te naby.

Francois doen toe al wat daar was om te doen. Hy stuur vir July reg in die middel van daardie trop leeus in sónder om spoed te verminder. Om die slapende leeus se aandag te trek en hulle te oortuig dat hy eintlik 'n gevaar is waarmee rekening gehou moet word, begin spreek hy hulle toe so effentjies in tale aan.

Kyk, ek het al gelees van die Comanche-Indiane se oorlogskreet en hoe bloedstollend en vreesaanjaend dit is. Maar dis 'n vulletjie teen dít wat daardie dag uit Francois se keel gekom het.

Die leeus moes seker gedink het hulle word aangeval deur iets uit 'n ander wêreld, want hulle laat spaander in alle rigtings om pad te gee voor hierdie aanstormende skreeuende gedierte.

Ongelukkig het 'n paar jong leeus koers gekies in presies dieselfde rigting waarheen ons op pad was. Ek kon sien July begin die gevaar loop om hulle in te haal en op hulle te trap.

En net daar verander July se hardloopstyl dramaties. Iewers moes Francois July se "panic button" gedruk het, want hy skakel oor na iets soos 'n kruising tussen 'n volstruis en 'n seeskilpad. Met die agterpote hol hy met alles wat hy het om te probeer wegkom van die leeus agter hom; met die voorpote roei hy so half in die lug om tog net nie op die leeus hier voor hom te trap nie.

Die jong leeus gee toe gelukkig pad na weerskante en July kon weer sy voorpote normaal aanwend. Toe hulle grond raak, slaan hy oor na die hardloopstyl van 'n windhond in volle vaart, want sy agterpote kom elke keer hier langs sy ore verby soos hy hom inspan om spoed aan te sit.

Dit kan ook wees dat July probeer wegkom het van die gillende ruiter op sy rug, want 'n hele ent anderkant die boom was Francois steeds besig om die leeus in te lig oor wat hulle behoort te doen en waarheen hulle kon gaan.

Ek kon net 'n paar woorde uitmaak, en een het vir my na "voertse-e-e-k!" geklink. Die res behoort nie in 'n gesinstydskrif soos *Weg* gepubliseer te word nie.

Die leeus het só positief gereageer op sy instruksies dat 'n mens maar kan sê Etosha se leeus verstaan Afrikaans.

Maar nou moet julle onthou, ek kom nog agterna, met Swernoot steeds salig onbewus van die drama, "happy go lucky" op pad bakkie toe.

Die volgende oomblik is ons tussen die leeus. Swernoot sien hulle en hoor hulle en ruik hulle en ek dink hy het hulle gevoel ook.

Kyk, ek was nie 'n kenner van perde nie en het nie geweet perde het *turbo boost* nie. Toe ons so mooi tussen die leeus is en Swernoot kom skielik agter hier is nou groot fout . . . toe skop sy *turbo* in.

Toe ons onder die boom uitkom, toe sit ek heel agter op sy kruis en klou soos 'n klein bobbejaantjie aan sy ma soos wat Swernoot onder my uitgehardloop het. Maar ek het my pad kon terugklou tot in die saal.

Kort daarna is ons verby Francois en July, volspoed plus 81%.

My sleepwa se agterklap was gelukkig reeds laat sak. Die klap se grendel het gereeld losgeskud en ek het dit altyd met 'n tou vasgemaak sodat dit nie moes oopval nie.

Gewoonlik het ons maar gesukkel om die perde in die sleepwa te kry, maar dié slag het Swernoot sommer self daar gaan skuiling soek. Met die intrapslag vat hy die tou so in sy bek en trek daardie klap agter hom toe, só groot het hy geskrik.

Die kante van die sleepwa was van plank, en aan die een kant was daar 'n gat waar 'n kwas uitgeval het. Toe ek die tou vasgemaak het, stap ek agter toe om die grendel in te skuif en ek sien 'n beweging by die gat.

Toe ek deur die gat kyk, kyk ek in Swernoot se oog vas. Hy was besig om met een oog uit te loer na waar die leeus was . . .

Francois-hulle het eers 'n rukkie later daar opgedaag.

Ek kan onomwonde sê dat niemand nog so vinnig beweeg het op 'n perd se rug soos ek daardie dag nie.

Ek het later die saal met water en seep gewas, maar dit was terpentyn wat uiteindelik die reuk verwyder het. Perde se sweet ruik heeltemal anders – nogal sleg – as hulle geskrik het.

En eers veel later het dit my bygeval dat ek het nooit gekyk het watse boom daardie was nie.

REIS EN KOS

Só kook jy 'n forel in die ry

Dana Snyman

EK EN OUPA het 'n tyd gelede vir ons elkeen 'n forel op sy Cressida se enjin gaargemaak.

Ons is die Sondagoggend net ná kerk uit Pretoria weg, ek en hy. Oupa is mos nou in die ouetehuis, Huis Lammie Hendriks. Ná Ouma se dood vroeg in Maart het hy die huis in Twaalfde Laan verkoop en soontoe getrek.

Ek dink hy mis Ouma meer as wat ons besef. Ons was skaars uit die stad – ek het die Cressida bestuur – toe hy vra of ek onthou hoe lief Ouma vir die koekpoeding was wat hy altyd sommer so in die ry op die kar se enjin vir haar gemaak het.

Natuurlik onthou ek dit.

Van my vroegste herinneringe – ek was toe seker so vyf, ses jaar oud – is hoe ons stilhou-stilhou êrens heen ry, ek en Oupa en Ouma, met Oupa wat vir ons die een of ander gereg op sy motor se enjin gaarmaak.

Oor die jare is die Ranger, die Holden en die Ford F100-bakkie almal ingespan op pad met vakansie: skaapnek, koekpoeding, vis, wors, boeliebief en hoender is so in die ry gaargemaak.

Ouma het uiteraard altyd raad gegee. "Nee herder, Bok, daai skaapnek sal nooit gaar word as jy hom dáár neersit nie. Druk hom eerder doer onder die *air cleaner* in," hoor ek haar nou nog vir Oupa sê.

Ouma was altyd bekommerd die kos sou rou bly. En tog, 'n Ranger of 'n Holden se enjin kon enige tyd net so warm soos Ouma se Aga-stoof word.

Op daardie ou motors se enjins kon 'n mens nog ordentlik kook. Daar was meer as genoeg ruimte op die *top* rondom die lugfilter om jou geregte te pak sodat die hitte hulle sake kan werk, anders as deesdae se modelle waarvan die enjin so half verseël is met allerhande plastiekgoed.

Dis juis waarom ons dié Sondag met Oupa se Cressida moes ry. Op my Polo se enjin kan jy nie eens 'n broodrolletjie behoorlik warm maak nie. Die Cressida – veral die sessilinder-model, die GLX – het darem nog 'n redelike kookvlak.

Ons het die R101 gevat, die ou hoofpad Noorde toe, verby Hammanskraal, verby Pienaarsrivier, met die forelle, toegedraai in foelie, knus teen die enjin naby die lugfilter ingedruk, en Steve Hofmeyr wat sy liedjie "Pampoen" oor Radio Rippel sing.

As ek so 100 km/h ry, werk ek uit, behoort die visse gaar te wees as ons by Klein-Kariba anderkant Bela-Bela aankom. Daar is die lekkerste piekniekplek waar ons in vrede kon sit en eet.

KARKOOK IS NIE 'n presiese wetenskap nie. Op 'n koue dag sal jou forel of wat jy ook al maak, langer neem om gaar te word as op 'n warm dag. Dit spreek vanself.

Jy gaan ook nie 'n skaapnek sommer binne 50 km gaar kry nie, al ry jy met 'n opgezoepte Nissan Skyline teen 'n gemiddelde kookspoed van 180 km/h.

Geduld. Dít is die wagwoord as dit by karkook kom.

En geduld is mos iets wat Oupa nie het nie. Ons was skaars uit die stad, toe vra hy: "Het ons ganog hitte, ou seuna?"

"Oorgenoeg, Oupa," stel ek hom gerus. "Oorgenoeg."

"Is jy seker? Moet ons nie maar stilhou en kyk nie?"

"Ontspan net, Oupa. Ontspan." Ek het oorgeleun en een van die ou man se Jim Reeves-kassette in die speler gedruk: *Jim Reeves' Greatest Love Songs Vol. II*. Hy en Ouma het altyd so graag na ou Jim geluister.

Oupa het teruggesak in die sitplek, met sy knopperige hande hier voor hom op sy bobene, terwyl Jim sing: "I can't stop loving you. I've made up my mind. To live in memory of the lonesome times . . ."

Daardie geel vlakte anderkant Pienaarsrivier pas nogal by ou Jim se stem.

Maar skaars 15 km verder, by Radium, toe wil Oupa weer weet: "Dink jy nie ons het die vis te styf in die *foil* toegedraai nie, ou seuna?"

"Ek glo nie, Oupa."

"Jong, ek dink ons moet maar seker maak."

Ek het langs die pad stilgehou, die enjinkap oopgetrek, die oondhandskoene en die broodplank uit die mandjie op die agtersitplek gehaal en uitgeklim. Dis goed om so 'n mandjie met die nodigste by jou in die motor te hê as jy op jou enjin kook. Handskoene, 'n broodplank, sout, speserye, 'n nat lappie – die basiese goed.

Oupa het langs my by die oop enjinkap kom staan en kyk hoe ek die toegefoeliede forelle loswikkel waar dit knus onder die lugfilter lê, hoe ek hulle op die broodplank op die verkoeler neersit en hoe ek die drie lae foelie oopvou. (Een laag foelie is meestal nie genoeg nie.)

Mmm. Onse vissies was al aan't sag word. Dit kon jy sien. En ruik. Net vir die wis en die onwis het ek en Oupa saam met die bottersousie tamatie en uie ook bygesit. Met vinkel en swartpeper daarby. En 'n bietjie witwyn, natuurlik. Dis altyd goed om jou forelle met witwyn te bederf.

Ek het die blink bondel weer onder die lugfilter ingewikkel.

"Moet ek nie maar vir ons die blikkie *sweet corn* ook opsit nie, ou seuna?" het Oupa gevra.

Dit was 'n goeie plan: Soetmielies smaak lekker saam met 'n forel.

Onthou net, moet nooit blikkieskos op jou enjin verhit sonder om eers gate in die blikkie te maak nie. Die versekeringsmaatskappy se assessor gaan beslis nie baie simpatiek wees as jy verduidelik die bult op jou Opel Monza se enjinkap is die werk van 'n blikkie boontjies wat ontplof het nie . . .

OP BELA-BELA vra Oupa weer ek moet stilhou.

Nes jy die dorp inkom, oor die treinbrug, is daar 'n garage op linkerkant. Eens op 'n tyd was daar 'n Wimpy Bar, maar dié het afgebrand. Net daar het ek stilgehou.

Ek het die enjinkap weer oopgemaak. Oupa het die plastieksak wat hy by hom gehad het toe ek hom by die ouetehuis opgelaai het, by sy voete opgetel en langs my kom staan. 'n Aangename geurtjie het bo die Cressida se enjin gehang: Ons forelle.

"Wat het Oupa daar binne?" Ek het na die sak in sy hand gewys.

Sonder om iets te sê het Oupa 'n ding uit die sak gehaal. Dit was ook in foelie toegedraai. Met stram vingers het hy die foelie oopgevou. Dit was Ouma se koekpoeding.

Neem een gewone sponskoek, vier piesangs, 'n klomp malvalekkers en 'n Flake-sjokolade. Sny die koek in skywe en sit skyfies piesang, stukkies Flake en van die malvalekkers tussen die skywe. Draai dit toe in drie lae foelie en maak dit so effens warm op die enjin.

"Jou Ouma was tog so lief daarvoor, ou seuna." Die ou man het op sy tande gebyt-byt.

"Ek weet, Oupa. Ek onthou."

"Dit voel so lank gelede, ou seuna." Oupa het 'n paar oomblikke net so stil daar voor die Cressida gestaan voor hy die foelie weer toegevou het.

Iemand moet ons dopgehou het, want skielik vra 'n stem agter ons: "As ek mag vra, wat maak julle?"

Dit was 'n man wat by die garage stilgehou het vir petrol. Ek skat hy was in die laat veertig, met 'n gryserige baard. Hy het nuuskierig by die enjin ingeloer.

Oupa het hom nie gewaar nie. Hy het krom oor die enjin gestaan, sy bril laag op sy neus, besig om 'n warm plekkie vir Ouma se poeding te soek.

Ek het die man aan sy arm effens eenkant toe gevat. "Ek sal verduidelik," het ek vir hom gesê. "Maar ek dink nie jy sal lekker verstaan nie . . . "

Hoe om ry-ry te eet (of eet-eet te ry)

Jaco Kirsten

Dink aan die groot onregte. Die Britse konsentrasiekampe in Suid-Afrika. Die soutmyne van Siberië. Die Khmer Rouge se skrikbewind in Kambodja.

En dan, natuurlik, die Blou Eier.

Want dit maak nie saak hoe honger jy is nie, as jy daai padkos oopmaak en opgewonde 'n eier begin afdop, net om te sien hoe daardie blou kern vir jou loer . . . dis soos om met 'n lied in jou hart af te sit na die huis van 'n pragtige meisie, net om deur haar lelike suster ingewag te word en te moet hoor jy het per telefoon eintlik met háár 'n afspraak gemaak.

Maar hoe kry 'n eier dit reg om blou te word? Volgens prof. Trevor Britz van die departement voedselwetenskap aan die Universiteit van Stellenbosch is dit omdat 'n eier te lank gekook word.

Goed, hy't eintlik gesê dat dit is omdat die hoë temperatuur die vette en proteïne in die geel begin afbreek en dit naderhand begin oksideer – of sommer net blou word, in eenvoudige taal. 'n Fransman genaamd Maillard het selfs dié fenomeen bestudeer, vandaar die naam Maillard-reaksie, soos voedselwetenskaplikes graag die totstandkoming van 'n blou eier noem.

Al wat jy dus eintlik hoef te weet, is moenie die eier te lank kook nie. Persoonlik glo ek niks meer as 10 minute nie. Langer as 15 minute en dit gaan dalk begin lyk soos 'n bobeen na 'n Curriebeker-trapskrum.

Dis belangrik dat ek hierdie dinge met die breë gemeenskap deel. Want padkos is 'n ernstige affêre. Selfs die Engelssprekendes het dié begrip al deel van hul eie woordeskat gemaak.

Wat is 'n reis immers sonder padkos?

My vroegste herinneringe aan padkos is iewers tussen Kuruman en Upington tydens ons jaarlikse tog Suidwes toe. Die kar was 'n rooi Ford Cortina-stasiewa. Gerhard "Spiekeries" Viviers het nog rugby uitgesaai (". . . en hy skop die bal rigting oorkant van die veld"). In 'n verskeidenheid Tupperware-houers was daar 'n fees van koue boerewors, toebroodjies en koffie. En Liquorice Allsorts vir poeding.

As jy daaroor nadink, kom jy tot die besef dat padkos of in loco (iewers onder 'n boom) of in situ (al ryende) geniet kan word. Om dit onder 'n boom iewers te eet is die maklike manier. Daar is geen uitdaging aan verbonde nie. Wat kan nou makliker wees? Om te lê en deur aarvoeding kos te kry terwyl jy televisie kyk? Dis presies wat Howard Hughes aan die einde van sy lewe gedoen het en kyk net wat het dit hom in die sak gebring.

Nee, die padkos-grootmeester – die sensei – eet terwyl hy bestuur.

En dit veroorsaak natuurlik allerhande potensiële probleme. Maar die sensei sien dit as uitdagings. Anders is hy nie sensei nie, of hoe?

Baie hang daarvan af of jou voertuig 'n outomatiese ratkas het of nie. Dis immers baie makliker om 'n Kentucky Tower Rounder te eet én 'n vragmotor verby te steek én jou rigtingwysers korrek te gebruik as jy nie nog tussendeur ratte hoef te verwissel nie.

KOSSE wat goed aard as padkos-in-beweging is dinge soos wors en hoender. Selfs tjops het al die wa deur die drif getrek. Maar loop lig vir toebroodjies, veral dié wat gerasperde kaas en stukke tamatie op het. As die kaas nie jou hele sitplek vol mors nie, gaan die tamatie die oorblywende deel van die brood in 'n pappery verander.

Stroop is nog 'n moeilikheidmaker. Het jy al gesien wat gebeur as die stroop deur die brood begin syfer? Siesa. As jy van die versigtige soort is, kies eerder appelkooskonfyt en kaas. Die kaas kleef netjies aan die konfyt en sal nie uit die toebroodjie val nie. En op sy beurt komplimenteer die soet van die konfyt weer die sout van 'n stuk wors. Só skep jy 'n tweegang-padete.

'n Ander kossoort wat jy met groot omsigtigheid op die oop pad moet benader is 'n *meat pie*. Nou goed, streng gesproke is *pie* nie padkos nie, aangesien jy hom langs die pad koop, maar ons almal was al skuldig daaraan.

Vir my hang daar altyd 'n effense vraagteken oor 'n *pie*. En glo my, sooibrand is nie die enigste ding waaroor jy jou hoef te bekommer nie, want jy wéét eenvoudig nie hoeveel dae lê daardie *steak & kidney* al daar en wag op 'n niksvermoedende verbyganger nie.

Dus, dit maak nie saak hoe lekker 'n *pie* lyk nie. Vermy hom. Want selfs al kry jy 'n lekker vars een, as jy hom in die ry begin eet, gaan die grootste deel van die kors tussen jou bene op die sitplek of langs die sitplek, neffens die handrem, beland.

Nou, ek weet ek oortree my eie padkosreël, maar een van die lekkerste etes wat ek nog agter 'n stuurwiel genuttig het, het 'n hoenderpastei – trouens twee – in die hoofrol gehad.

In Wolmaransstad se hoofstraat was daar altyd 'n slaghuis wat myns insiens die lekkerste biltong in die wêreld gemaak het. Jy kon eenvoudig nie deur die dorp ry sonder om eers gou daar te stop en 'n lekker stuk beesbiltong te kies nie. Dan druk hulle hom in 'n elektriese kerwer en voor jy kan sê "vetkol" het jy 'n bruinpapierkardoes vol gekerfde biltong. Met net genoeg geel vet. Nie te veel nie, nie te min nie.

Ek het 'n ent ondertoe in die straat eers die hoenderpasteie gekoop. En ná die besoek aan die slaghuis het ek die bokante van die pasteie behendig opgelig en vol biltong gepak, waarna ek dit weer versigtig toegemaak het.

Die resultaat was hemels. Maar onthou, ek het 'n ou Cortina-stasiewa met bruin vinielsitplekke gehad. Jy kon 'n kinderpartytjie in die kar aanbied en jy sou steeds nie enige kolle op die sitplekke kon sien nie.

Die punt? Gekerfde biltong is sekerlik een van die mees veelsydige vorms van padkos. Dit het die toets van die tyd weerstaan. Ek bedoel, dis seker die enigste vorm van padkos wat sedert die Groot Trek nog steeds in gebruik is. Moet dus nie verbaas wees as Nasa binnekort pakkies biltong aan ruimtevaarders gaan begin gee nie. Dis lig, kompak en bevat oorgenoeg proteïne.

Daarenteen is dubbeldekker-hamburgers met souse 'n potensiële wapen van massavernietiging agter die stuurwiel. Vermy liewers. Al lek jy so vinnig soos 'n foksterriër, jou hande gáán taai raak. En daai souse begin naderhand so taai word dat dit moeilik raak om jou hande van die stuurwiel af los te skeur. Die oplossing? Plant jou hande in die tien-voor-twee posisie op die stuurwiel en vermy bergpasse totdat die sous begin droog word.

'n Ander ding wat jy met groot omsigtigheid agter die stuur moet geniet is warm koffie. Veral as jy geneig is tot effense bewerigheid. Warm koffie het mos die gewoonte om te gaan mors net daar waar jou bene uit jou lyf groei. En magtig, kán 'n man gil as so 'n ongeluk hom oorkom. Nee, kry vir jou eerder een van daai bekers van vlekvrye staal en 'n plastiekdeksel met so 'n klein drinkgaatjie of -tuit. Want ek drink eerder soos 'n baba as wat ek gil soos 'n meisie.

Padkos is meer as voedsel. Dis 'n verlenging van Suid-Afrika se reiskultuur. Dit is net so veel deel van die reis as die inpak, die vertrek of die haal van die bestemming. En die toekoms van padkos lyk blink. In 'n multikulturele land soos Suid-Afrika is daar oorgenoeg ruimte vir vernuwing en die assimilasie van allerhande nuwe kleure en geure.

Behalwe blou eiers.

Waar's die *kêffie*-hamburger?

Jaco Kirsten

EK WAS ONLANGS aan die ry iewers in Mpumalanga toe die allerverskriklikste honger my oorval. Dit was nie 'n hierjy-honger nie. Dit was wat Saddam Hoesein die Moeder van Alle Hongerpyne sou noem. En daar was net een ding wat die leemte in my maag (en gemoed) sou vul. 'n Hamburger.

"Kyk uit vir 'n Steers," het iemand opgemerk.

"'n *Steers*! Is jy simpel?" het ek geantwoord. "En verál nie 'n McDonald's nie."

Nee, net een ding sou deug: 'n Hamburger van 'n kafee of padkafee – een van daardie kafees met 'n Coca-Cola-logo wat bolangs pryk, met 'n naam wat eindig op 'n afkapings-s – soos Manny's, Perreira's, Nick's of Alex's. Waar die *patty* met die hand gemaak word en die hamburger so uniek is soos die kok se vingerafdruk.

Maar helaas, dié was nêrens te vind nie. Verbysterend, nè? Die trauma daarvan is vergelykbaar met iemand wat in die Kaap bly, gerus in die wete dat daar orals wingerde is, net om op 'n dag te gaan wyn soek en agter te kom al die wynplase is deur gholfbane vervang.

Die verskynsel van die massavervaardigde hamburger, die een wat van 'n voerband af kom, versinnebeeld alles waarteen die dominees ons waarsku. Dit verteenwoordig tegelyk on-Calvinistiese luiheid én die Mammongeldgod.

Hierdie kulinêre onding is die dun wig wat dreig om dinge te verander na 'n wêreld soortgelyk aan die een wat George Orwell in sy klassieke werk

1984 beskryf. Hy praat van "Big Brother". McDonald's praat van "Big Mac". Blote toeval?

Nee, die vaal, geïndustrialiseerde hamburger waarmee ons deesdae moet saamleef, is 'n hartseer barometer van ons beskawing. Wanneer argeoloë eendag in die omgewing van Lynnwoodweg, Pretoria, gaan rondkrap, gaan hulle 'n kommerwekkende breuk in die mensdom se ontwikkeling raaksien: Die tyd toe hamburgers nog lekker was en van plek tot plek verskil het; en 'n tyd daarna van gestandaardiseerde hamburgers toe jy net sowel by 'n boekwinkel kon instap en 'n notaboek begin kou.

EK VERMOED DIÉ waterskeiding was iewers vroeg in die jare negentig.

Diegene wat Bloemfontein daardie jare geken het, sal 'n plek onthou met die naam The Love Bite in Voortrekkerstraat. Ek het my in 1987 in die Rosestad aangemeld vir my eerste jaar van diensplig. Elke aand, kort voor *roll call,* het een van die diensdrywers met 'n notaboek by die barakke omgekom om bestellings vir 'n Love Bite en 'n Coke te neem. Die prys? 'n Stewige R2,50.

Die Love Bite het sy naam te danke aan sy unieke vorm: Die broodrolletjie was in die vorm van 'n hart, 'n bietjie groter as 'n kleinbord. Met 'n lekker vleis-*patty* en so 'n pienkerige soetsuur sous. Laataand, net nadat jy klaar brief geskryf het of stewels gepoets het, het die diensdrywer opgedaag met 'n melkkrat vol Love Bites en koeldrank.

Skielik was jou hart nie meer stukkend oor die Dear Johnny wat jy twee weke gelede van jou meisie op Tuks gekry het nie. Skielik was die menasie se kool vergete. 'n Love Bite het gevoed en vertroos. Met 'n Love Bite in jou hand was die wêreld 'n beter plek.

Jy kon met 'n vol maag wag tot môre-oggend voordat jy opnuut gekonfronteer sou word met poeier-roereier en sers. Hoffman met sy klein boepens en wit spyseniersuniform wat met 'n histeriese *castrato*-stemmetjie vrugteloos probeer om driehonderd troepe stil te gil.

Vandag is Voortrekkerstraat se naam Nelson Mandela Avenue en daar staan 'n Milky Lane of iets waar The Love Bite eens was. Ek sidder by die blote gedagte aan basiese militêre opleiding sonder The Love Bite.

EK ONTHOU HOE ek as kind die stertkant beleef het van die era toe gesinne padkafees – of *roadhouses* – besoek het. Ek onthou hoe verwonderd ek was oor die feit dat jy by 'n plek kon stilhou en 'n kelner die kos en koeldrank na die motor toe aandra.

En wie sal ooit vergeet hoe die swierige swartgeverfde lettertipe van die *roadhouse*-spyskaart gelyk het? Waarmee geregte soos "Dagwood", "Mixed Grill" en "Vanilla Float" aangedui is.

In my hoërskooljare in Kimberley was daar op die ou Bloemfontein-pad, nie ver van die Karen Muir-swembad af nie,'n *roadhouse* met 'n *putt-putt*-baan langsaan. Hulle het meer as outentieke wegneemkos gebied: 'n Meisie van my het haar geroem op die paar skurwe Griekse woorde wat sy by die eienaar se seuns geleer het. Woorde soos "malaka," waarop sy gewoonlik begin giggel het.

Al woord wat jy by McDonald's leer, is dat jy kan *supersize*. En dat 'n Big Mac eintlik klein is.

Daar was plekke soos die Potch Roadhouse. Menige aand, of moet ek sê vroeë oggend, wanneer die aand se gekuier homself uiteindelik uitgewoed en die hongerpyne begin knaag het, het ek en 'n paar makkers opgeruk na die Potch Roadhouse. Daar het hulle, soos dit enige *roadhouse* betaam, 'n *special* gehad: 'n reusehamburger met sampioensous wat só groot was dat hy soos 'n toebroodjie in twee helftes gesny is.

My ouboet het my aan dié wonder bekend gestel. Dit was asof hy die aflosstok van hamburger-nirvana – en al die verantwoordelikhede wat daarmee gepaard gaan – aan my oorgegee het.

Maar waar daar eens oral Griekse en Portugese kafees in ons buurte was, is daar nou net Seven-Elevens. Die *kêffie* het plek gemaak vir kettinggroepe wat besit word deur gesiglose beleggers.

GESKIEDKUNDIGES HET AL baie te sê gehad oor die Portugese geskiedenis. Oor hulle koloniale ryk wat eens groot dele van Afrika ingesluit het. Van seevaarders soos Da Gama en Dias. En as ons praat van die Griekse beskawing, dink ons aan die denkers en wiskundiges wat die grondslag vir die beskawing gelê het (of 'n spul kaal mans wat voor mekaar rondhardloop en met mekaar stoei, amper soos op Sandy Bay).

Maar watter geskiedkundige het al gekyk na die reusewerk wat die Griekse en Portugese gemeenskap in Suid-Afrika op die gebied van kitskos gedoen het? En erkenning gegee vir die feit dat hulle fakkeldraers was in 'n era voor voerbandhamburgers?

Die tradisionele *kêffie* was ook die setel van ander kulturele ervarings, veral vir skoolseuns.

Vriende van my het op hoërskool van daai 20c-videospeletjies gaan speel by 'n kafee in Voortrekkerweg, Bellville, in die tyd toe Pacman die toppunt van videospeletjies was.

Die Griek by wie hulle gespeel het, was om die een of ander rede snoep met kleingeld – al het hulle sy masjiene gevoer soos 'n honger sirkusrob.

Geen probleem nie: Hulle het eenvoudig by die Griekse kafee oorkant die straat gaan randstukke omruil vir 20c-stukke. Ná die derde omruilslag het dié Griek geïrriteerd begin raak. Hy kon sien hoe hulle oorkant koeldrank en tjips koop én speletjies speel en dan na hom toe drentel – net vir kleingeld.

Hy vererg hom toe hulle die vierde keer kom kleingeld soek.

"You come here, you take money and f*** off!" het hy verontwaardig uitgeroep.

"Yes," het die een geantwoord. "We f*** off. You stay. You have shop to run."

Hulle moes daarna elders kleingeld gaan bedel.

NIEMAND WIL SKULDIG wees aan die oorromantisering van *kêffies* nie. Laat ons nou maar eerlik wees en aanvaar dat ek dalk al iewers met 'n *kêffie*-hamburger perdevleis ingekry het.

Nou en dan, as ek so 'n snaakse, soeterige geur op die tong bespeur as ek 'n *hammie* eet, dan wonder ek wát het geword van daai vinnige perd van die vroeë jare tagtig, Politician? En Denim Dandy, ook 'n July-wenner? Wat word van resiesperde as hulle aftree?

Dis mos naïef om te dink iets wat in die eerste plek geteel is om vir sy eienaar geld te verdien, nie verder benut sal word as hy die oorgang na die Groot Weiveld maak nie.

Ek het nie 'n probleem met perdevleis nie; dis hoe dit aangebied word, wat tel. Want as jou plaaslike Spur, argumentsonthalwe, dalk oor die Desembervakansie besonder fluks sake doen, dan moet die bestuurder soms plan maak en vinnig vleis in die hande kry.

So het dit al gebeur dat vleis opgedis is van 'n dier wat in sy fleur nie geblêr, gebulk of gekraai het nie. Net 'n ou sousie hier en ekstra uieringe daar, vinniger agtergrondmusiek en die saak is reg.

Maar Johnny, Nick, Alex, José of Manuel het nie daai luukse nie. Want as daai perd op jou tong deurslaan, dan is daar perde. En dan koop jy eenvoudig nie weer 'n hamburger by die Flying Saucer, Madeira Café of Hellenic Roadhouse nie.

Hulle doen moeite met vleis, want dis immers die *patties* wat die praatwerk doen. Al het dit dalk eens gerunnik.

Padkos is tydloos

Dana Snyman

DALK IS MY LIEFDE vir die langpad maar net 'n verskoning om padkos te eet. Ek praat nie van Woolies-toebroodjies, kaviaar, dolmades of brie-kaas nie. Ek praat van padkos soos my oorle Ouma Swannie dit gemaak het.

Sy was 'n soort boere-Pru Leith van padkos, Ouma Swannie. Dis vir seker.

Ek sien haar nou nog op daardie vroeë Desemberoggende voordat ons see toe vertrek het in haar japon by die kombuistafel, besig om die padkos in 'n groot, wit Tupperware-bak te pak: hardgekookte eiers, frikkadelle, koue skaapnek, hoenderboudjies, gekapte biltong. En toebroodjies, natuurlik.

Elkeen het sy eie hopie toebies gekry, gemaak volgens voorkeur en temperament. Op Pa s'n was gewoonlik vismeer of biltong. Op Ma s'n Oxo. Op myne grondboontjiebotter en stroop. En moenie die slopie met die droëperskes vergeet nie. En die sout- en peperpotjies. En die jammerlappie, klam in 'n plastieksakkie.

En êrens tussen als deur het Oupa Swannie by die kombuis ingestap, nog sonder sy valstande, sy kruisbande slap langs sy heupe, en Ouma Swannie herinner: "Onthou tog die Enoths, Ouma."

"Wat sê jy, Bok? Ek kan niks hoor as jy sonder jou tanne praat nie." Ouma kon lekker ongeduldig met Oupa raak. "Ek tshe: onthou tog die Enoths."

Die ENO'S. Daar moes altyd 'n botteltjie Eno's vir Oupa ingepak word, want op sy toebroodjies was daar kaiings – varkkaiings.

Ek het daardie groot, wit Tupperwarebak by Ouma geërf. Ek reis baie: Kaap toe, Noorde toe, selfs Margate toe. Maar ek ry nie sommer by my hek uit sonder daardie bak in die motor nie. Ek pak maar min of meer dieselfde as Ouma in: toebroodjies, frikkadelle, eiers. Maar, as ek eerlik moet wees, dit proe nie dieselfde nie: my broodjies is dikwels te droog en my eiers kook knaend blou.

By Oupa het ek ook iets geleer: jy eet nooit padkos in die ry nie, jy soek 'n mooi plek en hou stil.

Ek skud soms net my kop as ek sien waar mense hul padkos nuttig: in bloekombosse buite dorpe, oorkant vullishope. Baie sit sommer by 'n vulstasie of 'n Ultracity sonder om eens uit die motor te klim.

Ons lewe in 'n gevaarlike land, ek weet; 'n mens kan nie sommer meer enige plek stilhou nie. Maar met 'n bietjie moeite en gesonde verstand kan jy steeds vir jou 'n mooi, veilige plekkie kry waar jy jou brood kan breek, jou koffiefles kan oopskroef.

Altyd as ek deur my albums blaai, tref dit my hoeveel foto's daar is van ons wat êrens langs die pad eet: bo-op die Longtom-pas tussen Lydenburg en Sabie, langs 'n klipkoppie naby De Aar; op die wal van die Oranje by Onseepkans. Daar is ook 'n foto, geneem op die vlakte naby Griekwastad, die dag toe ons na die brullende duine van die Noord-Kaap gaan soek het: Oupa het sy safaripak aan en Ma het 'n rooi lint in haar hare. Dit moes voor Ouma se beroerte gewees het, want sy hou 'n beker in haar linkerhand vas. In my hand is 'n broodjie, waarskynlik met grondboontjiebotter en stroop op.

Ons almal lag op daardie foto en om ons lê die aarde wyd en stil.

Dalk is my liefde vir die langpad maar net 'n goeie verskoning om padkos te eet.

GISTER SE PLEKKE

Uncle Charlie's, eindpunt van die bekende heelal

Dana Snyman

OM VAN DANIËLSKUIL in die Noord-Kaap af Pretoria en Johannesburg toe te gaan, was vir ons 'n gróót ding. Dit was nie sommer net vir in die Valiant klim en ry nie.

Pa het omtrent 'n maand voor die tyd al vir oom Ys, 'n broerskind van Ouma, in Germiston gebel om te hoor of hy ons op daai en daai dag by Uncle Charlie's sal kan kom ontmoet met sy Anglia.

Almal het in daardie jare – die 1960's en '70's – geweet van Uncle Charlie's, 'n padkafee en garage net duskant Johannesburg. Die hoofpaaie uit die suide en weste het daar bymekaar gekom, en ons rou plattelanders het nooit verder as dit op ons eie gery nie. Nooit nie.

Uncle Charlie's was die einde van die bekende wêreld. Verder stad-in was dit soos daardie ou wêreldkaarte met die drake in die onverkende dele. Ons het altyd iemand uit die stad gekry om ons van Uncle Charlie's af die groot onbekende in te begelei.

Johannesburg en Pretoria was in ons kop een plek: Die Stad. Pa-hulle het dikwels ook van "die Rand" gepraat. "Jy weet, daar word elke dag 350 nuwe huise in die Rand gebou," sou hulle sê. Of: "In die Rand swem hulle op Sondae." (Op Daniëlskuil was dit sonde om op Sondae te swem.)

Ons het allerhande nare dinge oor die Rand geglo. Dat dit 'n godlose plek is waar 'n *ducktail* maklik-maklik 'n skerpgemaakte fietsspeek tussen jou ribbe kan inglip. Dat die Griekse kafee-eienaars daar dwelmmiddels in hulle lekkergoed spuit wat maak dat jy altyd teruggaan om weer by hulle koop. Ons het ook geglo die hele Rand is uitgehol oor al die gegoudmynery daar.

Maar ondanks al hierdie gevare het ons minstens een keer per jaar Rand toe gegaan, gewoonlik in April wanneer dit Randse Paasskou was.

Die aand voor ons gery het, het Ouma omtrent die hele dorp gebel en afskeid geneem. "Nee, nee, ou suster, ons sal nóóit alleen in daai Gomorra ingaan nie," hoor ek haar nog oor die telefoon sê. "My broer se seun kom kry ons by Uncle Charlie's."

En dan het ons in die pad geval. Uiteindelik, anderkant die Westonaria-afdraai, naby die Danie Theron-monument, het jy die geboue die eerste keer in die verte sien lê. Die stad.

Dit is ook min of meer waar Oupa, wat altyd voor langs Pa in die Valiant gesit het, Psalms begin fluit het, eers sag, dan ál harder, hoe nader ons aan Uncle Charlie's gekom het.

Ons het darem nie net vir die Paasskou stad toe gegaan nie. Ma en Ouma het materiaal by die Indiër-plaza gaan koop. Oupa wou maar altyd weer na die Voortrekkermonument gaan kyk. En ons het nie sommer teruggegaan huis toe voordat ons by Wemmerpan se waterorrel was nie.

Ja, ja, ernstige vra kan seker gevrae word oor mense wat uit hulle pad gaan om na waterorrel-vertonings – of is dit uitvoerings? – te gaan kyk. Maar vir ons was daardie waterorrel by Wemmerpan iets soos kuns.

Ons het uit die dorre Noord-Kaap gekom, onthou. Ons het nie eens genoeg water gehad om 'n grasperk te hê nie, en die vorige jaar het Oupa 11 skape weens die droogte verloor.

Ek sien nog hoe staan Oupa met sy hand in verwondering voor sy mond en staar na daardie spuitende waterpluime, rooies en geles en bloues, asof dit die Mona Lisa is, terwyl 'n swakkerige weergawe van Orff se *Carmina Burana* êrens uit 'n luidspreker rammel.

PA EN OUPA was veldmense. Jy kon hulle in die middel van die nag in die Kalahari aflaai, 65 km van Askham af, sonder kos. En kalm sou hulle in die veld oorleef en hulle weg terugvind na waar hulp is.

Tog het hulle hierdie byna irrasionele vrees gehad om in die stad, omring deur derduisende mense met genoeg kos en water, te verdwaal. En omdat Pa en Oupa daarvoor bang was, het ek en Ma en Ouma dit uiteraard ook gevrees.

Die skouterrein was toe nog naby die Johannesburgse middestad, in Braamfontein. Op pad soontoe, terwyl Oupa besig was om 'n benoude psalm te fluit, het Ma my seker honderd keer herinner dat ek dadelik na die Total-inligtingstoring toe moet gaan as ek wegraak.

Die Total-toring by die skou was soos 'n reddingsboei op die oop see vir ons plattelanders. (Sulke bakens was skaars in die stad – buiten Uncle Charlie's was daar eintlik maar net Halfway House en die Fonteine naby Pretoria.)

Die Paasskou was die naaste wat Oupa-hulle aan 'n besoek aan die buiteland sou kom. Dit was immers 'n internasionale skou, al het Suid-Afrika toe maar min vriende gehad. Portugal, Taiwan, Paraguay, Lesotho en natuurlik Transkei het wel spesiale uitstalsale gehad, tradisioneel versier.

Ons het deur daardie sale gestap asof dit die lande self was. Die Taiwannese het 'n Taiwanse restaurant gehad, en natuurlik het ons daar geëet. Ek onthou nie wat ons bestel het nie, maar dit was maar 'n gesukkel om dit met daardie stokkies in ons mond te kry.

Ná ete, dit onthou ek goed, het Ouma een van die Taiwannese kelnerinne nader geroep en in Afrikaans vir haar gevra: "Ag, kan jy nie asseblief vir die oubaas 'n nat lappie bring om sy hande mee af te vee nie?"

Ek dink ook dit was die jaar toe oom Ys te lank in die biertuin gekuier het. Of nee, oom Ys het te lank in die biertuin gekuier die jaar toe Pa vir Ma die Lowry-orrel gekoop het.

Huisorrels was toe die in-ding. Almal wou soos John Massey – hy het altyd vertonings by die Lowry-stalletjie op die skou gegee – liedjies soos "Groen koringlande" en "Spanish Eyes" speel.

Ons het die nuwe orrel sommer boks en al op die Valiant se dakrak gelaai, maar toe ons oom Ys soek, was hy weg. Pa en Oupa het hom op die ou end in die biertuin opgespoor.

"Vat ons net terug Uncle Charlie's toe sodat ons kan wegkom uit die nes uit!" Oupa het sy vuis kwaai in oom Ys se rigting geskud.

"Nou maar fyn, pikkewyn," het oom Ys gesê en agter sy Anglia se stuurwiel ingewip. "Follow the leader!" En toe het oom Ys laat waai, met tollende bande.

Ek gaan nie nou vertel hoe Pa daardie dag terug Uncle Charlie's toe by oom Ys deur die verkeer probeer bly het nie.

Oupa het die Psalms later nie meer gefluit nie; hy het hulle hardop gesing: "Al dreig die vyand met die dood, al storm sy leërbendes aan . . ." Oor 'n rooi verkeerslig, al agter oom Ys aan. "Al word ons hier omgeef, ons sal nie beef of rugwaarts gaan . . ."

Terwyl die Lowry heen en weer op die dakrak skuif en Ma aanhoudend sê: "My orrel, my orrel!"

Daardie dag het die Rand regtig vir my soos 'n rant gevoel waaroor ons enige oomblik kon stort.

EK WEET NIE juis waarom nie, maar nou die dag op pad terug van Potchefstroom af Pretoria toe, het ek by Uncle Charlie's afgedraai. Dit was nie so maklik nie. Ek moes 'n hele ruk soek voordat ek die plek kon kry.

Die wêreld daar is nou die ene snelweë.

Die ou padkafee bestaan nie meer nie. Daar is wel nog 'n garage, maar niks daar is meer dieselfde nie. Ek het nie eens stilgehou en uitgeklim nie. Ek het maar weer teruggery snelweg toe, terug tussen die drie bane karre in.

Germiston se kant toe het 'n rookwolk in die lug gehang, en aan die anderkant van die pad het 'n ambulans verbygejaag met 'n flitsende rooi lig op die dak.

Ek woon nou al jare in Pretoria. Soms wens ek ek het nooit my vrese vir Die Stad verloor nie.

Tussen treine op De Aar se stasie

Dana Snyman

NOU DIE DAG kom ek toe weer op De Aar se stasie. Kyk, die plek het agteruit gegaan. Dit het ek gou besef. Oral het rommel rondgelê en van die geboue is geplunder – die dakplate en vloerplanke verwyder, die kosyne en vensterrame uitgebreek.

Die kroeg, die befaamde *bar* op De Aar, bestaan ook nie meer nie. Ook nie die stasierestaurant nie.

En om te dink, eens op 'n tyd, van die 1950's tot die laat 1980's, was dit een van die bedrywigste stasies in Suid-Afrika. My oom Kerneels, wat naby Britstown geboer het, het beweer dis naas Germiston die besigste een in die land.

Dit was voor die tyd van 1 900 motors per uur deur Colesberg op 'n Paasnaweek en hordes vragmotors wat die teer voos trap. Baie mense het toe nog trein gery en hul goedere per trein laat karwei.

Ek het op De Aar se stasie rondgestap en probeer dink hoe dit gelyk het toe ek die eerste keer daar gekom het. Ek was so tien jaar oud en het saam met Ouma trein gery om by oom Kerneels-hulle te gaan kuier. Die perronne – daar is vier – was vol mense: Passasiers en kruiers in swart baadjies en onderbaadjies en sulke groot stootwaens waarvan die wiele in die middel gesit het.

Oor die luidsprekers het 'n hol stem die volgende vertrekkende trein aangekondig: "SloskloesbibberHanoverboeboejasskouveerMiddelburg."

In al die jare – van toe af tot nou – kon ek nog nooit behoorlik uitmaak wat 'n Suid-Afrikaanse stasie-aankondiger sê nie. Dalk praat hulle 'n geheime taal, want al mense wat op hul aankondigings reageer, het ek al opgemerk, is hier en daar iemand wat op die stasie werk.

EK EN OUMA het op een van die agterste perronne afgeklim, 'n kruier het ons koffers en Ouma se *vanity case* kom vat. Ons het deur die tonnel gestap wat onderdeur die spoorlyne gaan. En toe, reg voor ons teen een van die geboue, het in groot netjiese letters geverf gestaan: "Maak jou gereed om jou Here te ontmoet."

Dít, en ek probeer nie banaal wees nie, is ook hoe dit toe op De Aar-stasie vir my gevoel het: Hierdie is 'n belangrike plek waar mense aandoen op pad na belangrike bestemmings. En dit was destyds nogal so. Omtrent elke langafstandtrein in die land het deur De Aar gegaan en daar stilgehou: op pad Kaap toe, Johannesburg toe, Port Elizabeth toe, Oos-Londen toe, Kimberley toe, Bloemfontein toe, Durban toe, Namibië toe.

Op De Aar was ook nie net 'n enkele spoorlyn soos op die stasie op ons dorp nie. Die spore het soos spatare gesprei gelê, met lokomotiewe wat trokke heen en weer *shunt* en mans met pette op wat fluitjies blaas en rooi vlae waai. By die tiekiebokse op die perron was daar altyd mense wat staan en praat en beduie het, asof hulle iemand êrens wou gerusstel.

Oom Kerneels en tant Mary het vir ons voor die sinjaalkamer gewag. Binne het 'n man in 'n blou uniform voor sulke lang hefbome gesit. Oor die peron het 'n ander man aangedraf gekom. Hy het 'n bruin oorpak aangehad en in sy hand was 'n hamer waarmee hy teen elke treinwiel geklop het: pieng-pieng-pieng, pieng-pieng-pieng. Dit was 'n *wheel tapper*. Sy voltydse werk was om teen elke inkomende trein se wiele te klop en aan die geluid te oordeel of daar nie dalk 'n kraak in is nie.

Oom Kerneels het die *wheel tapper* geken, want hy het hom gegroet: "Dag, Driesman, hoe gaan dit?"

Driesman het strammerig orent gekom met sy een hand in die waai van sy rug: "Nee wat, my oom, dis weer net werk, werk, werk vandag."

VOOR ONS IN oom Kerneels se Chev Impala plaas toe is, het ons eers in die stasie se restaurant gaan eet: *pie* en *gravy* – die lekkerste *pie* en *gravy* waaraan jy kan dink.

Die pastei was tuisgebak met regte Karoo-vleis in, en dik, souserige sous; en jy het dit met 'n silwer Sheffield-mes en -vurk geëet, op 'n Royal Dalton-bord op 'n tafel met 'n wit-gestyfde tafeldoek daaroor.

Terwyl ons besig was om te eet het 'n ouerige man met een arm voor die venster verbygestap. Hy het 'n donker uniform aangehad en in sy enigste hand het hy 'n silwer trommeltjie gedra – sy skofboks.

"Dis oom Castelyn," het tant Mary gesê en na hom beduie. "Hy't een nag hier voor 'n trein beland. Fratsongeluk. Foei tog."

"Maar die ou is weer terug op die *job*," het oom Kerneels bygevoeg. "'n 'Lektriese lokomotief dryf jy lag-lag met een hand."

Op De Aar moes party treine se elektriese lokomotiewe met dlesellokomotiewe omgeruil word, want nie al die spoorlyne was geëlektrifiseer nie.

Eens op 'n tyd was daar baie stoomlokomotiewe hier, maar toe ek en Ouma daar was, het baie van die ou stoomdrywers al afgetree en op die stoepe van hul rooibaksteenhuisies gesit met hul growwe hande op hulle knieë.

Dit was nie die laaste keer, daardie dag, dat ek *pie* en *gravy* op De Aar geëet het nie. Oor die jare heen het ek sporadies trein gery: na oom Kerneels-hulle toe, Kaap toe, of tot op Touwsrivier, waar ek 'n meisie gehad het.

In 1982, ek dink dit was in September, was ek ook op De Aar-stasie, in 'n troepetrein. Daar was destyds baie sulke treine – treine vol nuwe troepe op pad na 'n basis iewers in die binneland; treine vol troepe op pad huis toe met "seven days"-verlof; treine vol troepe op pad na die destydse Suidwes-Afrika – Grens toe.

Daardie keer het ek nie 'n *pie* en *gravy* geëet nie. Toe het ek en Charlie Gagiano, wat saam met my in die peloton was, in die kroeg gaan sit en *cane*, *passion fruit* en *lemonade* drink terwyl ons gewag het vir 'n aansluiting noorde toe.

Dit was lank voor Koos Kombuis die liedjie "Die Bar op De Aar" geskryf het: "In die *bar* op De Aar sit ons bymekaar en wag op die trein na wie-weet-waar ..."

Ná die tweede *cane*, *passion fruit* en *lemonade* het Charlie terug trein toe gedraf en teruggekom met 'n boek, *'n Inleiding tot die Abnormale Sielkunde*, as ek reg onthou. (Hy het dit geleen by sy suster wat BA op Tukkies geswot het.)

"Hier's die antwoord, *buddy*," het Charlie gesê en dit voor ons op die toonbank oopgeblaai. "Kies vir jou 'n siekte."

"Wat bedoel jy?" Ek het na die diagramme en tabelle in die boek gekyk.

"Dis *easy, buddy*. Hier beskryf hulle die verskillende *crazy* siektes. Kom ons kies elkeen een, dan swot ons dit op en maak of ons dit het. *Maybe* stuur hulle ons terug huis toe."

Ek het ná nog 'n *cane, passion fruit* en *lemonade* besluit ek wil 'n katatoniese skisofreen wees. Dit het vir my die maklikste geklink om na te maak, want katatoniese skisofrene praat glo nie – hulle sit net en staar voor hulle uit. Charlie, weer, wou aan 'n manies-paranoïese versteuring ly. Of so iets. Ek weet net hy het begin grynsglimlag, nes Jack Nicholson in *One Flew Over the Cuckoo's Nest*, en goed gesê soos: "Sien jy daai ou daar in die hoek, *buddy*. Ek dink hy *tape* ons gesprekke."

Die middag laat, toe die hol stasiestem aankondig ons trein gaan vertrek – "SloskloesabuPrieskateengropses" – het ons steeds in die kroeg gesit, ek en Charlie. Hy het sy Jack Nicholson-grynslag geflits en ek het katatonies voor my uitgestaar, totdat een van die ander ouens in ons peloton benoud vir ons kom sê het: "Die korporaal gaan ons almal opf-k as julle twee nie nóú kom nie!"

Ons het toe maar terug trein toe gegaan.

DIT IS DWAAS om te dink alles moet altyd dieselfde bly. Die lewe is verandering.

Miskien word De Aar se stasie – en al die ander vernielde stasies in die land – weer eendag opgebou en gerestoureer. Ek hoop so. Maar ek sal nie ophou om te probeer onthou hoe dit eens was nie. Baie van 'n mens is jou herinneringe en ek wil myself ken.

Daarom het ek nou die dag maklik 'n uur daar rondgestap. Drie van die vier peronne is nou gesluit en party dae hou daar net een passasierstrein diep in die nag stil: die Transkaroo – of die Shosholoza Meyl soos dit deesdae heet – op pad na die Kaap of Johannesburg.

Toe ek klaar gesien het wat ek wou, het ek in my motor geklim en teruggery hoofpad toe.

My vormingsjare op Loftus

Dana Snyman

MISKIEN ONTHOU EK te veel van die dag toe ek die eerste keer op Loftus Versfeld gekom het. Ons het toe op 'n dorp in die ou Noord-Transvaal gewoon, en ek en my pa en oom Apie, ons buurman, is vroeg die oggend in ons Valiant Regal by die huis weg.

Dit was in 1977 – 15 Junie 1977 om presies te wees.

Ek weet dit want ek het steeds die wedstrydprogram wat my pa daardie dag by die stadion gekoop het. Die WP het teen die Blou Bulle gespeel en op die program se voorblad is Thys Lourens met sy sweetband en sy geil *saaidies*.

Daardie dag al het ek geleer om rugby te kyk gaan oor baie meer as net die wedstryd: Die oggend toe ons by die huis weg is, het oom Apie 'n sakkie nartjies by hom gehad, en toe my pa op Warmbad stilhou om 'n draai te loop en biltong by die slaghuis te koop, het hy 'n spuitnaald en 'n *nippie* brandewyn te voorskyn gebring en die nartjies een vir een met brandewyn ingespuit en teruggesit in die sakkie.

"Wat maak oom nou?" Ek het na die nartjies beduie.

"Ek laai my nartjies, ou beesblaas." Hy het kwaai na my gekyk. "Jy sê vir niemand nie, oraait?"

In Pretoria het ons in Parkstraat parkeer, met die Valiant se een wiel skuins op die randsteen. In die straat het rye-rye mense verbygestap, met verkykers om hul nekke of kussingkies in hul hande, terwyl die Bats êrens oor 'n radio sing: "Vat hom, Dawie, vat hom laag . . ."

Oom Apie het met sy sakkie nartjies uit die kar geklim, en gebulder: "NOU DIE BLOU!"

Rugbykykers het toe nog nie hul lywe en gesigte geverf en ondersteunerstruie gedra nie. Hier en daar sou jy 'n klein WP- of Blou Bul-wapentjie op iemand se lapel sien blink. By uitsondering het jy 'n effe-onvas-op-sy-voete-ou gesien wat sy hemp uitgetrek en met skoenpolitoer iets op sy lyf geskryf het soos "Bulle!" of "Hallo Ma."

Ons het in Lynnwoodweg af gestap. 'n Paar blokke verder, toe sien ek dit die eerste keer: Loftus Versfeld se pawiljoene. Hoog. Hoër as ons dorp se kerktoring, het dit bo die huise uitgetroon, met die spreiligte se blink oë bokant dit. Dit was baie anders as daardie hoenderstellasie van 'n pawiljoentjie langs ons dorpsveld.

Hoe nader ons gekom het, hoe meer lawaai was daar: roomysverkopers se klokkies, ouens wat roep en die skare wat kort-kort die hele stadion met al sy pawiljoene laat sug.

Hoeveel keer was ek ná daardie dag weer op Loftus? Dit moet baie kere wees. *Baie.* Tog, elke keer wanneer ek daar kom, roer daar steeds 'n bietjie van daardie opwinding in my wat ek daardie eerste dag ervaar het.

Nie dat Loftus slegs vir my 'n plek van opwinding is nie. Ek het al te veel teleurgesteld en bitter van daar af weggedrentel.

Ek is nog my lewe lank 'n WP-ondersteuner, sien.

EK EN PA en oom Apie het op die onderste gedeelte van die Oospawiljoen gesit.

Loftus was daardie dag vol. Ek wonder waar het ons kaartjies gekry? Vir ons plattelanders was dit altyd 'n probleem om kaartjies vir groot wedstryde te kry. Jy moes 'n *contact* hê – jou pa se prokureur se tikster se vriendin in Pretoria, wie se ma se peetkind by die skakelbord by Sanlam werk, waar Thys Lourens, die Blou Bul-kaptein, bedags 'n versekeringsman was. Of so iets.

Oom Apie is met sy sak nartjies styf onder die arm by die hek in. Pa het 'n wedstrydprogram by 'n seun gekoop. Toe het ons teen die trappe agter die pawiljoen opgestap. Die Voortrekkers was toe die plekaanwysers op Loftus. 'n Meisie in 'n Drawwertjie-uniform het ons kaartjies geneem en ons tot by ons verbleikte plastiekstoele regoor die kwartlyn gelei.

Die St Johns-ambulansdiens, weer, was verantwoordelik vir die noodhulp langs die veld – die pynpolisie, het almal hulle genoem. Wanneer hulle op die veld gedraf het om 'n beseerde speler te gaan help, het iemand in die skare altyd geskree: "Skiet hom, moenie lat hy ly nie!"

Ek wonder steeds oor een ding. Die pynpolisie het gewoonlik twee-twee saamgewerk, maar dit was altyd 'n Laurel en Hardy-situasie: Die een was of lank en maer en die ander kort en breed. Was daar 'n plan daaragter?

Die pynpolisie het oënskynlik ook net twee kategorieë beserings behandel: dié wat met behulp van die waterbottel reggedokter kon word, en dié wat vereis het dat die speler met 'n draagbaar van die veld gedra moet word, terwyl die skare op die hoofpawiljoen gedemp hande klap.

Ons het skaars op die plastiekstoele gaan sit, toe skil en eet oom Apie al weer 'n nartjie. Die Laerskool Eben Swemmer was besig om teen die Laerskool Mayville in 'n voorwedstryd te speel, maar ná 'n paar nartjies het oom Apie die spanne aangemoedig asof hulle die Blou Bulle was: "Die bal! Die bal!" (Dis 'n kreet wat jy gereeld by rugbywedstryde hoor. Wat beteken dit presies?)

Op die sitplek voor oom Apie het 'n tante gesit met hoë pers-gekleurde hare, langs 'n oom in 'n kleurbaadjie van die Makwassie-rugbyklub, wat hopeloos te klein vir hom was. Jy sien baie sulke ooms met te klein kleurbaadjies op Loftus.

Die volgende oomblik het 'n Mirage-vegvliegtuig met 'n gedonder oor die stadion geswiep uit die rigting van die Waterkloof-lugmagbasis.

In die 1970's en vroeë '80's was ek nie een keer op Loftus wat daar nie een of ander tyd 'n Mirage oor die stadion gevlieg het nie, terwyl 'n ou doer agter in ry Z roep: "Ek't mos vir my vrou gesê sy moet die *budgie* se hok toemaak!" Dit is dikwels ook dieselfde kêrel wat, indien hy nie met die skeidsregter se beslissing saam gestem het nie, skree: "*Ref*, daar's telefoon vir jou!"

EK KAN NIE onthou watse vermaak was daar op die veld voor die begin van die hoofwedstryd daardie dag nie – nie dat daar toe veel vermaak voor wedstryde was nie. Daar was geen dansers nie (die huidige peloton Blou Bul-*cheerleaders* – loshande die mooiste in die Curriebekerkompetisie –

was toe nog nie eens gebore nie) en geen musiek is destyds oor die luidsprekerstelsel gespeel nie.

Die luidsprekerstelsel is gebruik vir aankondigings soos: "Sal die eienaar van die geel Toyota Cressida, registrasienommer TAH 3987, asseblief dit gaan verwyder, hy het iemand vas parkeer." Of, net voor die hoofwedstryd: "Sal almal asseblief opstaan, Sy Edele, die Eerste Minister John Vorster en sy gevolg het pas arriveer." Dan, ná 'n kort stilte, het die stem weer plegtig gesê: "U kan maar weer plaasneem in u sitplekke, dankie."

Voor die spanne op die veld gedraf het, kon jy darem uitsien na drie stukkies vermaak. Een: Die Gevangenisdiens se blaasorkes het oor die veld masjeer en onder meer die Heidelied gespeel. Twee: 'n Gimnastiekgroep van die Hammanskraalse Polisiekollege het 'n vertoning gelewer.

Die derde was gewoonlik die vermaaklikste: 'n Man – dikwels daardie een wat "Hallo Ma" op sy kaal borskas geskryf het – het in 'n sakkerige Jockey Junior-onderbroek oor die veld gehardloop, met 'n klomp polisiemanne met hul honde agterna. Net voordat hulle hom kon vang, het hy teen een van die pale opgeklouter en die skare van bo af vermaak, asof hy 'n lid van die Swewende Montale's was, terwyl die honde vir hom staan en blaf.

Die dag toe ek en Pa en oom Apie daar was, was daar ook só 'n ou.

Ek onthou ook ek het voor die wedstryd deur die program geblaai wat my pa gekoop het. Daarin was pensketse van al die spelers: hulle gewig, ouderdom, watter musiek hulle na luister, ensovoorts.

Elf lede van die Blou Bul-span het gesê Julio Iglesias is hulle gunstelingsanger. Dit het my weer eens bly gemaak ek ondersteun die WP.

EK GAAN NIE veel meer van daardie wedstryd vertel nie.

Ja, ja, WP het verloor, 15-13. Maar dis nie waarvoor die wedstryd onthou sal word nie. In die 24 ste minuut van die tweede helfte het Naas Botha die bal gekry, toe, khwa! tref Morné du Plessis hom met die skouer.

Ek sien nog hoe slaan Naas op sy rug neer en hoe kom die mense om ons orent met hul vuiste in die lug en hul monde wyd oop: "Jeronkie, jou vark!" (Du Plessis se bynaam was Jeronkie, ondat hy glo soos 'n kruis tussen 'n giraffe en donkie gelyk het.) Een ou het ook geskreeu: "Dan stem hy nog vir die blêrrie PFP ook!"

En toe gebeur dit: Oom Apie kom orent en slinger een van sy nartjies in die rigting van die veld. Maar terselfdertyd raak sy smeulende Gold Dollar aan die tante voor hom se hare.

Oom Apie en die tante kon dit darem vinnig blus. Maar Pa het gedink dis dalk beter dat ons eerder loop.

Ons het nie veel in die Valiant gepraat terug huis toe nie. Oom Apie het later aan die slaap geraak. Daar was nog twee nartjies in sy sakkie oor en later het Pa oorgeleun en een gevat, afgeskil en 'n skyfie in sy mond gesit.

"Kan ek ook maar een kry, Pa?" het ek gevra.

"Nee, hulle's vrot," het Pa geantwoord, die laaste nartjie uit die pakkie gehaal en by die venster uitgegooi.

Die Vrouemonument en die Wimpy

Dana Snyman

PA EN OUPA moet nou kom. Ons is nou moeg vir die Oorlogmuseum en die Vrouemonument.
Ons wil nou Wimpy Bar toe gaan.
"Toet 'n bietjie daar vir hulle, Seun," sê Ma. "Ek vergaan van die honger."
Ons het klaar foto's van die monument geneem en deur die museum gestap en gekyk na die Boere se verslete uniforms in die glaskaste. Ook na die Mauser-gewere en die glasskerwe wat die Engelse soldate in die konsentrasiekampe in die vroue en kinders se kos gegooi het. Nou sit ons hier in die Valiant in die parkeerterrein vir Pa en Oupa en wag. Hulle kry nie klaar nie.
Hulle staan by een van die grafte voor die monument in hulle safaripakke, hoed in die hand. Oupa skud sy kop en beduie met sy arms deur die lug. Pa laat val sy sigaret voor hom en boor dit in die grond met sy skoen se hak.
"Nee, jong, dit veg nou eers weer die Boere-oorlog van voor af," sê Ma. "Toet vir hulle."
Die Valiant se toeter weergalm oor die oopte voor die monument.
Pa en Oupa swaai om en kom kwaad teruggestap na die Valiant toe.
"Het julle nie respekte nie, hè? Weet julle wie lê daar begrawe?" Oupa se gesig is rooi.
"Wie, Oupa?" vra ek.
"Generaal De Wet."
"Ek dag dan dis die Vrouemonument," sê Ma.
Op die instrumentebord wieg die Bengaalse tiertjie se kop heen en weer

toe Pa en Oupa weerskante van my inskuif. Ons is vanoggend in die donkerte uit Daniëlskuil weg. Eintlik is ons op pad Hibberdene toe, see toe; maar Pa en Oupa kan nie by die Oorlogsmuseum verby ry nie.

Ma en Ouma sit op die agtersitplek. Ma kyk kort-kort op haar horlosie en Ouma staar maar net by die venster uit na Bloemfontein se geboue – en sê niks nie.

Ouma sê mos nie eintlik meer iets vandat sy laas April die beroerte gehad het nie.

"Dis tyd vir my storie," sê Ma opeens. "Sit gou vir ons daar op Springbok, Seun."

Ek draai die radio se naald tot by 108. Die luidsprekers kraak, en dan kry ek die temaliedjie en die verhaal van iemand "vasgevang in die draaikolk van sy vergete verlede".

Die pa van die man in die storie het hom onterf – klink dit – en sy meisie moet nou 'n operasie in Switserland ondergaan en hy het nie geld om daarvoor te betaal nie. Nou begin sy meisie se vriendin vir hom ogies maak, en . . .

Oupa leun oor en sit die radio af.

"En nou, Dad?" vra Ma. "Dis my storie."

"Hulle maak 'n bespotting van die Afrikaner," sê Oupa en byt op sy tande.

ONS GAAN NIE sommer op enige plek in die Wimpy sit nie. Pa en Oupa staar eers oor die tafeltjies uit, dan lei hulle ons na een agter in die hoek. Net nou die dag weer het daar 'n bom in 'n Wimpy ontplof – en dit was nie die eerste nie.

Dis die terroriste se manier, sê Pa, om paniek onder Afrikaners te saai.

In die middel van die tafeltjie staan die spyskaart. Almal behalwe Ouma kry 'n beurt om te kyk wat hulle wil hê. Dan kom staan 'n kelner in 'n rooi baadjie by Oupa. "Good afternoon, Sir."

"Kan jy nie Afrikaans praat nie?" vra Oupa. "Hè, wêna? Dis mos Bloemfontein dié, man."

"Ek kom van Prieska af, meneer. Ek ken Afrikaans."

"Prieska. Nou maar *right*." Oupa tel die spyskaart op. "Bring vir ons een *mixed grill*, een *double hamburger*, een *cheeseburger* en *banana splits* vir poeding."

Oupa kyk na Ouma. "Wat sal ons vir jou kry, hè, Bok?"

Ouma antwoord nie. Sy sit met haar handsakkie op haar skoot en kyk na die twee plastiekbottels met sulke skerp punte in die middel van die tafel, 'n rooie en 'n gele. Tamatiesous en mosterd.

"Bring vir haar 'n bord tjips," sê Oupa. "Sawwe tjips."

Die Wimpy is in Bloemfontein se middestad, naby die standbeeld van genl. De Wet op sy perd.

De Wet is op 7 Oktober 1854 op die plaas Leeuwkop in die distrik Smithfield gebore en sy perd se naam was Fleur en sy broer se naam Piet. En Piet was 'n joiner. Ek weet al dié dinge, want ek leer dit op skool.

Die kelner kom sit ons borde voor ons neer. "Ogies!" roep Oupa en begin bid. "Dierbare Vader, dankie dat U U hand van bewaring tot hier op die pad oor ons gehou het. Dankie ook dat ons vanoggend weer die museum kon besoek en die gruweldade kon gadeslaan wat ons vyande ons aangedoen het. Dankie ook vir hierdie voedsel en seën die hande wat dit voorberei het. Amen."

Ons rol ons messe en vurke uit die servette en begin eet. Maar Ouma raak nie aan haar tjips nie. Haar oë is steeds op die rooi en geel bottels in die middel van die tafel. Stadig bring sy haar hand vorentoe, tel die rooie op, druk die punt in haar mond en suig dat haar wange sommer so hol trek – so asof dit 'n tietiebottel is.

"Wat maak Mammie nou?" sê my ma en gryp die bottel uit Ouma se hand.

"Boerebloed," sê Ouma en gee so 'n snaakse laggie. "Boerebloed."

Ma trek 'n sakdoekie uit haar mou en vee die streep tamatiesous teen Ouma se ken af.

NÁ DIE BURGERS eet elkeen – behalwe Ouma – 'n banana split, dan vryf Oupa oor sy maag en sê: "Ek ben versadig en verkwik, dankie." Nadat Pa betaal het, stap ons uit die Wimpy tot op die sypaadjie.

Maar ons klim nog nie in die Valiant nie, want Ma wil eers voor die Wimpy 'n foto van ons neem met haar nuwe Kodak Instamatic. Ouma kom laaste by die deur uit, haar handsak oop aan haar elmboog.

"Help tog daar vir Ouma, Seun," sê Ma. "Die ou *girl* is vandag weer nie lekker nie."

Ek stap na Ouma toe. Eers toe ek by haar is, sien ek dit: onderin die handsak, by haar *powder puff*, lê die bottel Wimpy-tamatiesous.

"Kom, kom, kom!" roep Ma. "Kom staan jy en Ouma hier by Pa en Oupa."

Ek kyk na Ouma, dan na Ma, dan kyk ek na die man agter die toonbank in die Wimpy. Ek steek my hand na Ouma uit en knip die handsak toe.

Dan vat ek Ouma se koue hand en lei haar tot by Pa en Oupa.

"Goed, julle moet nou mooi *smile*," sê Ma, buk agter die kameratjie in, en soek met haar vinger na die knoppie. Maar sy druk dit nie. Nog nie.

Sy laat sak weer die kameratjie en kyk reguit na my. "Waarom *smile* jy nie, Seun?" sê sy. "Jy moet *smile*, jong. Jy moet *smile*."

Die lekker sondes van Sin City

Dana Snyman

OP 'N DAG besluit Pa toe dis hoog tyd dat ons ook Sun City sien.
Hy het die geel Valiant, wat toe al meer as 100 000 kilo's op die "klok" gehad het, laat was. Ma en Ouma het hulle hare laat doen en Oupa het lank oor 'n Total-padkaart op die kombuistafel geleun en sy vingers oor die blou en rooi aartjies laat gly, op soek na die kortste pad soontoe.

Dit was in 1980 as ek reg onthou, so 'n jaar nadat Sun City amptelik geopen het.

Dis moeilik om te glo, ek weet, maar in '80 was 'n plek soos Sun City byna ondenkbaar in Suid-Afrika. Wat was die naaste wat ons toe daaraan gekom het? Die Beach Hotel in Durban? Die Staatsteater in Pretoria? Die Bulsaal in Bloemfontein?

Bygesê, Sun City was nie amptelik in Suid-Afrika nie, dit was in Bophuthatswana, 'n "onafhanklike staat" met sy eie seëls, weermag en president. Vreemd, jy het tog nie 'n paspoort nodig gehad om soontoe te gaan nie. Jy het meestal nie eers geweet as jy die grens tussen Suid-Afrika en Bophuthatswana oorsteek nie. Jy het net wes uit Pretoria gery vir 'n uur of twee.

Miskien was dít een van die aantrekkingskragte van Sun City in daardie jare: Al het jy eintlik net Rustenburg toe gery, het dit gevoel of jy een of ander ver, eksotiese plek besoek as jy soontoe gaan, 'n plek met palmbome en blink Las Vegas-liggies, waar mense drankies drink met sulke sambreeltjies in – amper soos een van daardie plekke wat 'n mens altyd op die program Die Plesierboot op die TV gesien het.

Maar daardie oggend in die Valiant het dit nie juis gevoel of ons op 'n plesierboot was nie: Oral was boerbokke en donkies in die pad en hoe nader ons aan Sun City gekom het, hoe kaler en yler was die veld. Eers wanneer jy by Sin City se hoë hekke ingery het, het dit eksoties begin lyk.

Sin City, ja. Dis wat ons Sun City destyds genoem het; en ja, dit was seker om 'n ander rede waarom dit toe maklik Suid-Afrika se gewildste toeristeplek was: Allerhande dinge wat onwettig in ons land was, is daar toegelaat. Jy kon daar dobbel. Daar was ook sogenaamde extravaganza's met halfkaal dansers. En jy kon swem op Sondae!

Nie dat Pa-hulle en duisende ander wat toe Sun City besoek het, sulke dinge wou gaan doen nie. Hulle wou soos goeie Calviniste slegs na als gaan kyk – net kyk.

DIE SON HET al hoog bokant die Pilansberge gebrand toe ons tussen 'n see karre in Sun City se parkeerterrein stilhou. Die plek het toe anders gelyk as nou: Net die ou hotel, die Cabannas, die Superbowl en die gholfbaan was daar.

Pa het Ouma by die Valiant uitgehelp, want Ouma het toe klaar die beroerte gehad. Sy was darem toe al weer sterk genoeg om te kan stap. Pa was nog altyd 'n man met goeie maniere: Hy het die vorige dag selfs Sun City gebel en gevra of ons welkom sou wees.

"We will be four people – three grown-ups and one child," het hy in sy beste Engels vir die een aan die ander kant oor die telefoon gesê. "No . . . No . . . We don't want to come and sleep there. We just want to please look around and watch things, and maybe eat a little something . . . Yes . . . Yes . . ."

Ons het eers 'n ruk daar by die Valiant in die parkeerterrein gestaan en stil na als rondom ons gekyk: die Superbowl se koepeldak, die palmbome, die spuitfonteine. Toe het Oupa effe huiwerig gesê: "Wel, kom's staan maar nader, mense."

Ons is eers na die Superbowl, maar die deure was gesluit. Oral was plakkate waarop die Sun City Extravaganza geadverteer is: Meisies in blink deurtrekkers, hoë, silwer skoene, sulke hooftooisels van vere en, wel, met geen bostukke aan nie. (Hulle het nie eens swart sterretjies bolangs gehad soos die meisies in die Scope nie.)

"Og, jaaaa," het Oupa gesug en my eenkant toe gedruk na 'n plek waar 'n mens koeldrank kon koop. Daar het hy die volgende skok gekry: 'n Coke by Sun City het R5 gekos.

Dit is nogal vreemd: Baie mense wat Sun City destyds besoek het, het wanneer hulle terugkom, jou nie eerste vertel van die bostuklose meisies of die dobbelmasjiene nie. Hulle het vir jou gesê: "Jy betaal R5 vir 'n Coke daar. Kan jy dit glo?"

Met ons R5-Cokes in die hand het ons na die hotel en casino gestap.

"En om te dink," het Pa gesê. "Twee jaar gelede was hier niks."

Dit het Pa en Oupa kwaai beïndruk: Die feit dat Sol Kerzner glo op 'n dag in 'n helikopter oor die gebied gevlieg, na 'n kaal stuk aarde beduie en gesê het: "Net daar wil ek 'n casino bou." En toe, 'n jaar of wat later, staan Sun City daar.

Sol het mý weer beïndruk omdat hy destyds met Anneline Kriel, die gewese Mej. Wêreld, getroud was. Hoe kry so 'n kort, effe oorgewig mannetjie dit reg, het ek gewonder. Ek was 15 jaar oud met 'n effense puisieprobleem en allerhande onnoembare fantasieë oor Anneline.

Ek het daardie dag oral gekyk of ek haar nie sien nie en toe ons by die hotelkamers verbystap, het ek jaloers gedink: In een van hulle het Sol al saam met Anneline geslaap.

NATUURLIK WOU PA-HULLE niks van dobbel weet nie. Dobbel was sonde. Hulle wou slegs na die dobbelmasjiene – die *one-armed bandits* – gaan kyk.

Ons het Ouma op 'n bank in die casino se portaal laat sit en tussen die rye en rye masjiene deur gestap. Oupa het voor een gaan staan, na die hefboom aan die kant gevat, maar dit dadelik weer gelos, asof dit warm was en hom gebrand het.

Oral rondom ons was mense wat so talm-talm voor die *bandits* gestaan het. Baie van die mans het Hawaiise hemde gedra. (Is dit toevallig dat Hawaiise hemde min of meer dieselfde tyd gewild geword het in Suid-Afrika as toe Sun City sy deure oopgemaak het?) Die vroue het hulle handsak onder hul arm vasgeknyp. 'n Hele ruk het hulle so na die masjiene staan en kyk – en dan, later, het hulle nes Oupa, 'n hand daarna uitgesteek, amper asof hulle wou kennis maak.

Dit hét nogal soos sonde gevoel net om daar in die skemerte tussen die masjiene met hul tollende wiele en liggies in die casino te staan. Dit was beslis opwindend genoeg om as sonde te kwalifiseer.

Kort-kort het iewers 'n klokkie gelui en dan was daar die geklingel van muntstukke. (Ek kon ook net kyk, want dit was onwettig vir kinders onder 18 om te dobbel.)

Oupa het weer na die *bandit* se arm gevat . . . stadig, versigtig. "Ek wil net iets sien," het hy gesê, sy hand in sy kakiebroek se geldsakkie gedruk, 'n muntstuk uitgehaal, eers links gekyk, toe regs en toe druk hy die muntstuk in die gleufie en trek die masjien se arm vinnig.

'n Paar oomblikke later toe lui die klokkie en muntstukke klingel tot in die bakkie, terwyl Oupa roep: "Hondepatrollie! Wat nou!?"

Hy het R50 gewen! Dis wat nou.

Toe kry Pa en Ma maar vir hulle ook elkeen 'n masjien, net om te kyk hoe werk hierdie dobbelding.

Eers amper 'n uur later, toe hul beursies al amper leeg was, het hulle opgehou.

ONS WAS NIE baie langer by Sun City nie. Ons het na die swembad gaan kyk (Anneline was nie daar nie – ek het 'n rukkie agtergebly net om seker te maak). Pa het 'n foto van ons voor die tafel vol poedings in die restaurant geneem en Ma het 'n steggie van een of ander plant in die tuin gepluk, dit in 'n sneesdoekie toegedraai en in haar handsak gebêre om dit by die huis te gaan plant. Ma het dit knaend gedoen.

Op pad terug naby Northam het Oupa vir Pa die verkeerde aanwysings gegee en die volgende oomblik is ons Valiant op 'n slegte grondpad tussen 'n klomp sinkhutte. En daar was kinders in verslete klere en maer honde en papiere en rommel in die veld.

Dit als terwyl Ma haar op die agtersitplek koud waai met 'n sakdoekie en sê: "Nou's ons in ons hêppie kanon in, julle."

Ek onthou nie hoe lank het dit ons geneem om weer op die grootpad te kom nie. Ek onthou net voor dit het Oupa gesê as ons iets in daardie plakkerskamp sou oorkom, sou dit ons straf wees.

Tot vandag toe onthou ek dit.

ALMAL HET GEHIKE

Ryloop en die liefde vir reis

Bun Booyens

EK RYLOOP nou al 'n hele paar jaar nie meer nie, maar hou die rylopers langs die pad steeds fyn dop. En by omtrent elkeen by wie ek verbyry, sê ek vir myself: "Wragtag, ek sou darem beter as daai ou ge-*hike* het."

Verbeel ek my, of weet deesdae se rylopers nie lekker hoe om dit te doen nie? Kyk maar, hulle staan op die verkeerde plek. Hulle trek verkeerd aan. Hulle duim-aksie is lomp.

Ryloop is baie soos hengel. Dit lyk miskien of 'n visserman sommer net daar staan en sy lyn in die water gooi, maar daar is 'n dosyn klein dingetjies wat bepaal of hy 'n vis gaan vang.

Om te ryloop verg fyn rolspel. Jy moet jouself só "aanbied" dat jy die gewete van iemand wat teen 120 km/h verby jou ry, só roer dat hy remme aanslaan en jou oplaai.

Eerstens moet jy besluit waar jy staan. 'n Kruispad is gewoonlik 'n goeie plek, maar baie rylopers, sien ek, staan deesdae sommer aan "jou" kant van die kruising, daar waar hulle jou tromp-op kan loop in jou motor. Fout. Gaan staan eerder aan die oorkant van die kruispad, waar die bestuurder jou op 'n afstand kan dophou. Só gee jy sy gewete kans om 'n bietjie te begin werk. En dan vang jy hom net nadat hy weggetrek het – en om teen 40 km/h verby 'n ou te ry wat darem nie te onaardig lyk nie, is nie iets wat 'n Samaritaan sommer doen nie.

'n Ander goeie staanplek is net buite 'n dorp. Maar gewoonlik hang 'n paar ander rylopers ook daar rond. Boonop probeer die amateur-ryloper altyd "eerste" staan, min wetende dat hy waarskynlik laaste opgepik gaan word.

Dit werk so: Die ou agter die stuur het minstens twee of drie rylopers nodig om sy gewete op dreef te kry; eers dan is hy ryp vir stilhou. Dan soek hy 'n plek waar hy kan aftrek sonder om deur te veel rylopers bestorm te word. En waar stop hy? By jou, die heel verste ou.

Ironies genoeg is 'n stil pad dikwels beter as 'n besige een. Daardie ou agter die stuurwiel weet as hý jou nie oplaai nie, slaap jy vannag langs die pad, en geen Calvinis wil met 'n skuldige gewete daardie 143 km tussen Kenhardt en Calvinia aandurf nie.

Ek sien ook baie van vandag se rylopers staan as 't ware ín die pad. Dit *werk* nie. 'n Goeie ryloper respekteer die pad en dus ook die motoris. Jy maak nie bedelgebare nie, knik dalk net. Die rugsak by jou voete sê jy's 'n ernstige ryloper. ('n Koffer werk nie so goed nie – dit laat dit lyk of jy afgedank of uitgeskop is.)

TOG IS DIT nie net die motoris wat die ryloper takseer nie. Die ryloper bekyk die motor dalk selfs intenser.

Dit werk so: Jy sit iewers langs die pad op jou rugsak in die skadu van 'n padteken wat sê "Williston 90", of so iets. Die karre is min. Die dag raak warmer en jy skuif al saam met die padteken se skaduwee. Die halfbottel Coke is louwarm. Jy het klaar die koeëlgate in die padbordjie getel (daar's twaalf). Jy't oorgestap na die oorkant van die pad en 'n bietjie klipgegooi na die einste padteken.

Dan hoor jy 'n gesuis. Jis! Eers probeer jy sien watter soort motor dit is (luukse motors pik jou selde op). Dan kyk jy hoeveel mense daarin is (minder is beter). En dan breek daardie allerbelangrike drie of vier sekondes aan wanneer jy met al jou mag *hike*. Jou liggaamshouding is reg; jou rugsak op die regte plek; jy maak oogkontak; jy knik die kop . . .

Sodra die kar verby is, sien jy hoe die bestuurder sy kop effens kantel – hy takseer jou nou vir oulaas in die truspieëltjie – en dan flits die remligte skielik.

Jy's weg!

NIE ALLE RITTE is ewe goed nie. Behoed jou as daar 'n kindjie saam met jou op die agtersitplek is. Vir 'n verveelde tweejarige is 'n vars ryloper soos 'n nuwe geskenk. En as jy eers oogkontak gemaak het, is jy en klein Basjan met die taai pofferhandjies vir die volgende 300 km beste maatjies. (Al voordeel is dat die kind iewers langs die pad gaan honger word en jy dalk ook iets te ete sal kry.)

Dan kry jy die geselsers, goedige ooms wat rylopers oppik net sodat hulle kan praat. 'n Afgetrede polisieman het my eenkeer duskant Oudtshoorn opgelaai. Dié man het geglo hy kon op sy dag in dieselfde asem as Mannetjies Roux genoem gewees het – as hy nie destyds sy linkerknie in 'n klubwedstryd beseer het nie.

Hy het my alles vertel van sy linkerknie. *Alles.* Hy het selfs sy broekspyp in die ry opgerol en gewys waar die dokter hom gesny het.

Op Calitzdorp, 50 km verder, het ek gevoel ek weet regtigwaar alles wat daar te weet is van sy knie. Maar nee, anderkant die dorp het hy die sage hervat. Op Ladismith het dit gevoel asof ek elk van sy destydse spanmaats – Blackie, Prop, Bouts en Fires van Vuuren (ou Fires het ook met 'n knie gesukkel) – persoonlik ken.

Toe hy my uiteindelik anderkant Barrydale aflaai, het ek soos 'n kniespesialis gevoel. Ek het uitgeklim en deur die venster gegroet. Maar nee, hy was nog nie klaar nie: "Jy weet, my *regter*knie was natuurlik 'n ander geneuk..." Eers 'n halfuur later kon ek verder *hike.*

'n Ander keer het twee ouens my op Mosselbaai opgelaai en gesê hulle gaan heelpad Kaap toe. Puik! Oor vier uur sou ek tuis wees, betyds vir 'n *mushroom burger* vroegaand saam met vriende in die Spur.

Dit blyk toe dié twee manne is provinsiale bruginspekteurs. Hulle het by elke brug, groot en klein, stilgehou en 'n tydsame inspeksie gedoen.

Die Spur was toe teen die tyd dat ek by die huis gekom het.

ELKE RYLOPER DROOM van die perfekte rit: Doer tussen niks en nêrens hou 'n luukse motor stil, en as die getinte ruit afskuif, sit daar 'n pragtige vrou agter die stuur. En sy's ryk. En eensaam.

Ek weet van geen ryloper wat só 'n gelukskoot gehad het nie, maar ek het darem al 'n paar puik *lifts* gehad. Aan die einde van st. 9 het ek en Chinky van der Merwe kuslangs geryloop na ons skoolmaats wat op Plettenbergbaai menseredders was. 'n *Rep* vir Gunston – Johan was sy naam – in 'n oranje Cortina Big Six het ons duskant Gordonsbaai opgelaai en teen 140 km/h deurgeskiet Tuinroete toe. 'n Paar uur later het ek en Chinky op Plet afgeklim, elkeen met 'n vol pakkie 30 Gunston in die bosak.

Hel, wat meer kan jy in st. 9 van 'n *lift* verwag?

Ná matriek het ek en 'n vriend, Dicky Koker, Namibië toe geryloop om op Swakopmund by Yster Beukes te gaan kuier. Eers is ons deur 'n lemoenlorrie opgelaai vir 'n pynlik stadige rit oor Piekenierskloof (ons kon darem elkeen omtrent twintig lemoene inkry in dié tyd).

Anderkant Citrusdal het 'n omie met 'n hoed (nooit 'n belowende teken nie) in 'n Valiant-stasiewa ons opgepik. Hy was alleen met 'n klomp bagasie op die voorsitplek, dus het die twee van ons op die agtersitplek gesit.

Die Valiant het "cruise control" gehad wat op 80 km/h gestel was, en teen daardie meedoënloos stadige pas is ons die Knersvlakte in.

Maar laatmiddag, anderkant Garies, het die rit op 'n vreemde manier begin lekker raak. Ons het vrede gemaak met die 80 km/h. Die Valiant het soos 'n skip deur die landskap geseil. Op die voorsitplek was die omie met die hoed so stil soos 'n chauffeur. Agter het ek en Dicky breed gesit. Dit was asof die Valiant ons s'n was.

Ons het die genot van *cruise* ontdek.

Maar die heel beste rit was op pad terug. Ons het buite Bethanie gestaan en daar was *geen* karre nie. Ná 'n uur, niks. Twee uur. Ses uur. Uiteindelik het 'n middelslag vragmotortjie gestop. Dit was 'n klomp groentesmouse op pad terug Kaap toe. Agterop die lorrie was 'n bakkie sonder 'n voorruit agterstevoor geparkeer. 'n Klip op 'n grondpad het die ruit versplinter.

Ek en Dicky het in die bakkie geklim en is agteruit op die lorrie terug Kaap toe. Ek dink die rit het twee of drie dae gevat. Ek onthou ons het baie gelag. Ons het al die Beatles-liedjies gesing wat ons ken. Ons het beurte gemaak om te "bestuur". Ons het gesels, oor meisies en oor diensplig, wat oor minder as drie weke sou begin.

En die heeltyd het daardie wye Suid-Afrikaanse landskap stadig agteruit verby ons geskuif. Ons het vir die eerste keer regtig gesien hoe onuitspreeklik mooi Suid-Afrika is.

Daar en dan het geweet dat ek altyd, so lank ek leef, daarvan sal hou om te reis.

Hei, en toe stop die bont Peugeot...

Jaco Kirsten

𝒜S EK DINK aan ryloop, dink ek onwillekeurig aan drie dinge: 'n reeksmoordernaar wat die land vol reis op soek na niksvermoedende slagoffers; 'n sexy Sweedse uitruilstudent met 'n rooi rugsak; en, o ja, 'n bont Peugeot-stasiewa.

Nou is dit ook so dat wanneer jy van *hike* praat, jy dit óf uit die oogpunt van die oplaaier óf duimgooier kan sien.

My ma het dit vanuit die oog van die oplaaier beskou. Jare gelede het sy opgemerk dat jy gerus iemand met baie bagasie kan oplaai. Hulle is immers kwesbaar en het baie om te verloor. Die mense vir wie jy moet oppas, is die ou wat met so 'n klein handtassie "net groot genoeg vir 'n handbyl en 'n broodmes" langs die pad staan. My idee van 'n reeksmoordenaar het sy oorsprong waarskynlik hier gehad.

Ek het duimry meestal ervaar as die ou wat langs die pad staan. Tydens diensplig moes ek noodgedwonge rygeleenthede van vreemdelinge aanvaar. Maar dit was nie *hike* nie. Mense het jou gerespekteer en jy's gewoonlik gou opgelaai. Die grootste gevaar was waarskynlik dat jy opgelaai kon word deur iemand wat jou doodverveel met simpel geselskap. Maar jy kon gelukkig uit die situasie ontsnap deur te maak of jy slaap, aangesien die meeste mense – veral die tannies – gedink het die arme dienspligtiges moes deur louter hel gaan en het baie slaap om in te haal.

Die ware toets is om as gewone landsburger duim te ry. Soos ek in Oktober 1991 tot my spyt uitgevind het.

My studentemotor was buite aksie ná 'n ontmoeting met 'n hoë randsteen 'n paar maande tevore op die PUK-kampus. Ek het besluit om oor Kimberley Bloemfontein toe te *hike* vir 'n verrassingsbesoek aan my ouers – die groot verrassing was dat ek hulle sou meedeel dat ek my universiteitstudie vir 'n rukkie op ys sou plaas.

Vroeg een oggend gaan laai 'n koshuismaat my toe af op die Klerksdorppad. Die eerste skof was verbasend maklik. Maar dis die ding van *hike*: Dis misleidend. Moet nooit as te nimmer dink, man, as ek dié 100 km in dié kort tydjie kon aflê, sal ek maklik voor donker by die huis wees nie.

Op Klerksdorp gaan haak ek toe vas. Ná omtrent 'n uur se staan het ek besef ek moet verby die dorp stap, in die rigting van Wolmaransstad. 'n Uur of wat later het ek op my nuwe plek stelling ingeneem.

Ek het liedjies gesing. Klippies na padtekens gegooi. Patrone in die gruis geteken. Oogkontak met motoriste probeer maak. Puur verniet.

Ná die eerste uur was ek seker dat my *luck* sou draai. Ná twee uur was ek effens mismoedig. Ná drie uur was ek desperaat. Kimberley was nog ver.

Dis toe dat die Peugeot 504-stasiewa daar stilhou. 'n Bonte. Sommige bakpanele was blinkgeskuurde kaal metaal. Ander was met grys *primer* ge-*spray* en ander was 'n dowwe geel.

"Hallo!" sê ek. "Uhm, ek soek 'n *lift* Kimberley se kant toe . . ."

"Nee, dis oraait. Klim maar in! Klim maar in!" Die drie insittendes was duidelik in 'n goeie luim – en binne vyf minute was dit duidelik waar dié gemoedelikheid sy oorsprong gehad het. In 'n paar bottels Mainstay. En limonade vir smaak.

Dit was ook nie lank nie, toe bied hulle my 'n beker aan. "Nee," het ek geskerm, "ek's op pille."

Ons was ook nie tien minute aan die ry nie, toe begin die Peugeot se probleme. "Hei, hy *overheat* al weer," kom die vrolike diagnose.

En so gaan dit aan. Elke nou en dan word daar water in die verkoeler gegooi. Die kar was amper so dors soos die insittendes.

Ons was nog nie eens op Wolmaransstad nie, toe begin die Mainstay sy tol ernstig eis. Om die enigste nugter mens tussen 'n spul witwarm siele te wees is een ding, maar wanneer een van hulle gesels-gesels en beduie-beduie die stuurwiel vashou, begin jy besorg raak – veral wanneer hy so nou en dan oor die streep in die middel van die pad begin dwaal en dan giggelend en met 'n "Heiii . . ." die Peugeot uit die pad van aankomende voertuie pluk.

Waar ek gesit het, kon ek myself in die truspieël sien. Fyn tropiese sweetdruppeltjies het op my voorkop en bolip geperel. Van vrees. "Hei, Koos," sou die bestuurder dan sê, "*pass* die *cane*, man." Om die een of ander rede is ek bevorder tot skinker. Seker omdat hulle geweet het ek sou minder mors.

Op Wolmaransstad het die manne gestop om water af te tap en die *radiator* vol te maak. Met die uitklimslag het dit gelyk of hulle rondloop op die dek van 'n vaartuig in stormsee. Bittermin drank is egter in die proses gemors – iets wat so half teësinnig 'n mate van bewondering by my ontlok het.

En toe beur die skipper, plastiekbeker in die hand, nader en vra: "Hei, wil jy nie verder dryf nie?" Voordat jy kon sê kop-aan-kop-botsing, het ek die sleutels gegryp en agter die stuurwiel ingeskuif.

Uiteindelik het almal hulle sit gekry en toe begin ons ry. Ná 'n ruk vra die een karakter hoe ver Bloemhof is. Want Bloemhof, vertel hy, is die plek waar hulle die naweek "saam met 'n paar *cherries* gaan *party*." Dít het hy by herhaling, elke paar kilometer, met leepoë en 'n lammerige tong opnuut aan my verduidelik.

Volgens die kaart is die pad tussen Wolmaransstad en Bloemhof 64 km lank. Hoeveel keer dink jy kan 'n dronk man vra: "Hei, hoe ver is dit nog Bloemhof toe?"

Vermenigvuldig nou jou antwoord met tien.

In 'n stadium het ek oorweeg om hom te dreig dat ek hom sal aflaai as hy dit wéér vra.

Een van die Peugeot se nukke was dat die regter-agterdeur se ruit nie kon afdraai nie. En my deur se ruit kon weer nie heeltemal opdraai nie. Die gevolg was dat die voormalige skipper, nou 'n onkapabele seeman op die agtersitplek, heeltyd sy hand verby my kop gedruk en sy sigaret se as by my venster afgetik het. Altans, só was die plan.

Nie ver van Bloemhof af nie, toe ruik ek iets brand. Ek kon sweer dit was hare. Toe voel ek die brandpyn bo-op my kop. En ek begin klap. Na vlamme. Na die brandstigter(s). Net om 'n paar sekondes later agter te kom die wind het die skipper se sigaretkooltjie afgebreek en in my hare teruggewaai.

In die proses het ek dit amper reggekry om iets te doen wat die dronk bestuurder nie kon nie – om die Peugeot te rol.

Gelukkig was dit nie lank nie, toe doem Bloemhof voor ons op. Ná die soveelste uitnodiging om saam met die "*cherries* te kom *party*" het ek in die hoofstraat stilgehou, uitgespring, my rugsak gegryp en laat spaander.

Een dag en drie vervelige rygeleenthede later het ek my bestemming in Bloemfontein bereik. En snaaks, op 'n manier het ek klaar die Peugeot en sy insittendes gemis.

'n Reeksmoordernaar moet jy liefs nie optel nie. Die Sweedse uitruilstudent sal opgepik word lank voor jy daar opdaag. Maar 'n bont Peugeot is iets wat jy net een keer sal beleef.

Sorg net dat jy vroeg agter die stuur inskuif. En, hei, sorg dat al die vensters werk.

Op grondpad moet die klippe "Ketang! Ketang!" sê

Danie Marais

JACO KIRSTEN se duimrit in 'n bont Peugeot het my laat dink aan 'n slag toe ek by so 'n nagmerrierit betrokke was in 'n beige Chev.

In die vroeë jare sestig was dit die gebruik vir studente om te ryloop. Hoe anders sal jy dan kon kom waar jy wou wees? Veral as jou ouers op Gobabis in die destydse Suidwes gewoon het. Dit was veral van jou tweede jaar af dat jy makliker kon ryloop, want dan het jou kleurbaadjie gehelp om te wys dat jy nie 'n misdadiger is nie.

As ons vakansies huis toe wou gaan – net die twee lang vakansies was lank genoeg vir die Suidwesters – moes ons die trein Donderdagmiddag om vyfuur op Pretoria se stasie kry. Dan ry ons (sonder geld vir kos) trein tot Sondagoggend tienuur, wanneer ons op Windhoek aankom.

Ons paar wat Gobabis toe wil gaan, is nou 146 myl padlangs van die huis af. Ons spring so gou as moontlik van die trein af en laat spat stad toe om 'n geleentheid Gobabis toe te soek.

By die motorhawe oorkant die Thuringerhof Hotel kry ek 'n petroljoggie wat besig is om die petroltenk van 'n Chev Biscayne met 'n Gobabis-nommerplaat vol te maak.

Ek moes seker toe al die gevaarliggies sien flits het. Die verlange huistoe en na ma se kos het my egter blind gemaak vir die buffer wat links voor amper op die grond gesleep het. Ek het ook nie juis kennis geneem van die bagasiebak se deksel wat met 'n stuk draad toegemaak is nie. Die duik in die enjinkap was darem nie só groot nie en die stuk perspeks vir 'n vooruit sal mos die wind uit die bestuurder se gesig hou, nes regte glas.

Ek groet: "Môre. Wie se kar is dié?"

Petroljoggie: "Hy's net daar by die hotel. Hy't gesê ek moet volmaak. Hy gaan ook volmaak."

Weer eens moes ek besef het hier kom moeilikheid. Die oom, kom ons noem hom maar Oom Piet, kom toe wel sowat 'n halfuur later oor die straat motorhawe toe. Hy laat sommer drie rye spore agter. Nogtans vra ek of hy nie dalk vandag nog Gobabis se kant toe gaan nie.

"Ja boetie, wil jy saamry?"

"Asseblief, oom." En dan begin my verstand weer werk. "Maar, dan wil ek graag bestuur, oom."

"Watse strepiesbaadjie het jy aan, man?"

"Dis my kleurbaadjie, oom."

"Watse ding is dit?"

"Dis my universiteit se baadjie, oom."

"Watse universiteit is dit?"

"Pretoria, oom."

"Nee man, as jy op Pretoria bly, weet jy mos nie hoe om op grondpaaie te ry nie."

"Oom, my pa woon op Gobabis en ek het daar leer bestuur."

"Goed, maar ek wil net eers die pas Kappsfarm toe uit ry. Hy's te gevaarlik vir 'n kind om te ry, en jy weet in elk geval niks van *automatic* karre nie."

Ag nou ja. Kom ek om, so kom ek om.

So is ons die stad uit. By die laaste huis in Klein-Windhoek word die Biscayne van die pad af getrek. "Nou's ons klaar met spietkops," sê die oom. "Nou kan ons vetgee."

Tot my verbasing trek Oom Piet sy skoene uit, leun effe agteroor in sy sitplek, lig sy linkervoet en trap hom stewig aan die binnekant teen die middel van die perspeks-voorruit vas. "Die ding waai in as jy vinnig ry," sê Oom Piet en laat waai die pas uit, een voet op die ruit, die ander op die petrol.

Dan is dit links van die pad, dan regs. Ons ry dwars-dwars deur die pas se gruisdraaie. Ek kyk na die witklippe langs die pad soos hulle verbyflits. Die gruis raas en klop teen die onderstel en kante van die Chev. Maar Oom Piet *ry*.

Toe, skielik, word dit donker van agter. "Aaag m—r," raas Oom Piet. "Die ding is al weer oop."

Hy stop in 'n stofwolk. Dis die bagasiebak se deksel wat oopgespring het. Dié word weer met 'n stuk bloudraad toegewikkel en daar gaan ons, voet in die hoek.

By Kappsfarm stop Oom Piet voor die hotel: "Is jy dors, Boetie?" vra hy terwyl hy sy skoene aantrek.

"Nee dankie oom, ek is haastig huistoe," pleit ek amper, maar dit help niks.

"Wel, ek *is* dors. Grondpad ry maak so. Jy moet maar kort-kort gooi." En weg is Oom Piet.

Buite het ek nou 'n paar minute vir nabetragting. As Oom Piet voel hy moet kort-kort "gooi" lê daar probleme vorentoe, want tussen ons en Gobabis is daar nog 'n paar hotelle. Op Seeis. By Omitara. By Witvlei.

Om hier af te klim en te begin ryloop kom bykans op selfmoord neer. Wanneer kom die volgende kar ooit verby? En geld om pa van die hotel af te bel het ek nie.

Maar, aan die ander kant, ons is mos nou die pas uit en Oom Piet het mos gesê ek kan verder bestuur. As ek dit stadig vat, kry ek die Biscayne dalk nog in een stuk op Gobabis.

Ek klim uit en gaan sit agter die stuurwiel.

'n Halfuur later kom Oom Piet uit, steek vas, en kyk my met 'n frons aan. "Wat de donner nou?" vra hy.

"Oom het mos gesê ek kan van hier af bestuur."

"Nou ja toe, jong. Maar jy moet *ry*! Jy moenie staan en poer-poer nie, hoor."

Hy klim aan die linkerkant in. Ek trek toe maar ook my skoene uit, sit my linkervoet teen die voorruit en trek versigtig weg.

Kort-kort sê Oom Piet ek ry te stadig. Dan stoot ek so 'n bietjie aan tot hy belangstelling verloor. Maar ná so amper 15 myl hoor ek net skielik: "Stop! Stop! Trek af!"

Ek parkeer die Biscayne netjies langs die pad. Hy klim uit en kom voor die kar om na die regterkant toe: "Uit! Uit!"

Gedweë klim ek uit. "Dis duidelik dat jy net mooi (daai woord mag ek nie gebruik nie) van grondpad af weet. *Ek* sal jou wys hoe."

"Ou Danie, nou moet jy begin bid," sê ek moedeloos vir myself, en ek begin sommer my eerste skietgebied sonder om uit te stel.

Nou moet 'n mens onthou dat die pad van Windhoek tot op Kappsfarm destyds hoofsaaklik 'n gruisoppervlak gehad het. Van "Kapps" af tot in Gobabis het die pad nie juis 'n oppervlak gehad om van te praat nie. Ente was los sand waarin jy kon vassit as jy uit die Republiek gekom het en nie in sand kon bestuur nie.

Elders, weer, was die pad vol kalkbanke wat 'n kar se leeftyd met elke stamp gehalveer het. Sinkplaat, soos niemand nog gesien het nie, was vol-op.

Maar daar trek ons toe met die Chev. Ons spring sinkplate oor, gly sandbanke dwars verby, breek alles aan die kar oor die kalkbanke. Soms ry ons sommer tussen die bosse langs die pad deur. Terwyl ek koes, werk oom Piet die petrolpedaal met sy een beskikbare kousvoet.

"Jy sien, boetman," sê Oom Piet in die ry, "as jy 'n kar ordentlik op grondpad wil ry, moet die klippe so 'ketang, ketang' langs die kar sê. Dan weet jy alles is oraait."

Maar, helaas alles was nié oraait nie. Op een stuk swaar sand met sulke hoë kalkbanke tussen die sandspore, glip oom Piet se linkervoet van die "voorruit" af. Die perspeks waai in ons gesigte in en die Biscayne begin gatgooi in die sand.

Met dié verloor Oom Piet blykbaar rede en trap die petrol plat. Die Biscayne grom en brul tot sy linkerkantste wiele 'n kalkbank vang. Toe ons uiteindelik tot stilstand kom, lê hy op sy regtersy sowat tien treë van die rand van die pad af. Ek kan Oom Piet se drankasem duidelik ruik.

Ons lewens is waarskynlik gered deur die feit dat daardie paaie nie 'n skouer gehad het nie. Die pad en die veld loop sommer so aanmekaar – as jy kameeldoringbome voor jou sien, weet jy nou is jy nie meer op die pad nie. As jy jou kar rol, rol hy gelyk die veld in en nie teen walle op of af nie.

Waar ons Biscayne toe langs die pad lê, moes ek natuurlik eers vir Oom Piet by die linkerkantste venster uithelp en toe self uitklim. "Kyk nou," sê Oom Piet. "Kyk nou wat maak julle nou. Jy en die blêddie kar. Kom ons rol hom weer op sy wiele."

Dít het ek ook in Suidwes geleer: As jou motor nog kan ry, ry hom. Dit help nie om daar in die middel van nêrens te sit en huil nie. Elke tree wat jy ry, bring jou nader aan die volgende dorp.

Ons het die Chev sonder veel moeite weer regop gekry. Op die oog af het dit nie gelyk asof daar baie met die motor verkeerd is nie. As jy egter beter gekyk het, kon jy sien die twee voorwiele staan so effens na mekaar en staar. Die probleem was egter dat hulle nie ewe veel na mekaar gekyk het nie.

Oom Piet het die spulletjie so bekyk en gesê: "Nou toe, boetie. Jy wil mos bestuur, bestuur jy nou verder. Maar ek waarsku jou, as jy iets aan my kar breek, gaan jy betaal."

Oom Piet het vir die res van die rit nie omgegee as ek nie een keer vinniger as 40 myl per uur gery het nie. Ek moes darem nog net vir omtrent 'n halfuur by die hotelle op Seeis, Omitara en Witrivier stop.

Vir nagte daarna het ek steeds nagmerries gekry oor die klippe wat so "ketang, ketang" teen die kar sê.

Ryloop met 'n woonwa

Dana Snyman

NET BUITE KIMBERLEY, op die linkerkant as jy Hopetown toe ry, staan mos so 'n groot populierboom teen die pad. Net daar het die ou Gypsey-woonwa nou die middag gestaan, met 'n man, 'n vrou en 'n seuntjie by hom.

En toe hulle my sien kom, druk die man sy duim in die lug.

Dis nie dat ek 'n Samaritaan is nie – ek is maar lugtig om by mense langs die pad te stop, want ek het al te veel in koerante gelees wat die lot van 'n Samaritaan kan wees.

Maar dié ou het darem sy gesin by hom, het ek gedink. Ek het die Condor se rem getrap, van die teer geswaai en op die gruis stilgehou.

En ek het nog skaars die ruit afgedraai, toe is die man by my. "Middag, Meneer. Ek's Louwtjie Enslin."

Aan sy linkerhand was net drie vingers, en hy het so 'n tuisgebreide, moulose truitjie aangehad, 'n denimbroek en 'n paar nerfaf wit Jordan-skoene – van daardies wat in die jare tagtig deur die popgroep The Soft Shoes op TV gewild gemaak is.

Die seuntjie het nader gedraf en by hom kom staan. Die vrou het by die karavaan gewag, met 'n mandjie by haar voete.

"Het julle probleme, Louwtjie?" het ek gevra.

"Ons soek 'n geleentheid, Meneer. Ons is op pad PE toe."

"En wat van die karavaan?" Ek het na die Gypsey beduie.

"Meneer, sien, dis nou eintlik 'n ander ding. Ek't gewonder of Meneer ons nie kan tou nie. Ek sien Meneer het 'n *towbar*."

"Nou waar's julle kar?"

Louwtjie het sy kop laat sak en na daardie Jordans gekyk asof dit die bron van al sy probleme was. "Ons het nie 'n kar nie, Meneer."

"Nou hoe't julle tot hier gekom?"

" 'n Ou het ons vanoggend van Bloemhof af tot hier gesleep, Meneer."

"En hoe't julle tot op Bloemhof gekom?"

Louwtjie wou nog antwoord, maar die seuntjie het hom voorgespring.

" 'n Ander oom het ons met 'n snotspoed van Klerksdorp af met sy Camry getrek, Oom."

"Stil jy!" Louwtjie het sy hand op die kind se kop gesit en met 'n breë frons tussen die oë na my gekyk. "Ons *hike* met hierdie karavaan."

Ek het die Condor se deur oopgemaak en uitgeklim. Ryloop met 'n karavaan? Dit was die eerste keer in my lewe dat ek so iets teëkom.

LOUWTJIE IS EEN van daardie ouens wat al so baie in die lewe gesukkel het dat hy dit nie meer as sukkel herken nie. Vir hom is dit maar hoe dinge moet wees.

Sulke ouens deel mos nogal graag hulle lewensverhaal met jou: Hoe hulle telkens tot op die drempel van sukses gekom het, net om gekortwiek te word deur iemand (dikwels skoonfamilie) of iets anders buite hulle beheer.

Terloops, dis ook opvallend hoe dikwels Port Elizabeth in hierdie stories genoem word. Óf die probleme het destyds in die Baai begin óf die oplossing lê nou hopelik daar.

In die tydjie wat dit ons geneem het om van die Condor tot by die Gypsey te stap, het Louwtjie my sy hele *hard luck*-storie vertel: Hoe hy 'n ketelmaker op Secunda was, met 'n huis, 'n kar, en hierdie woonwa.

Hy het selfs sy eie CD-speler gehad en 'n klankstelsel met vier 75 W-luidsprekers, en omtrent al Bles Bridges se CD's.

Toe verloor hy twee vingers in 'n ongeluk by die werk. En later toe verloor hy die werk ook. En die kar. En die huis, *pool*-tafel en al.

En toe stoot hulle maar een oggend die Gypsey tot buite Secunda en wag daar vir genade.

Hulle was eers Ellisras toe, want daar was glo werk. Dit het hulle drie dae van Secunda af tot daar geneem. Vergeefs. Toe het hulle 'n draai op Rustenburg gaan maak, maar daar was ook nie werk nie – nie vir 'n ketelmaker met net drie vingers aan die linkerhand nie.

Nou gaan hulle maar Port Elizabeth toe.

"Ek't 'n pêl daar," het Louwtjie verduidelik. "Hy gaan vir my 'n werk by Goodyear probeer *organise*, sodat 'n man weer op jou voete kan kom."

Die Gypsey was maar gedaan. Die voorruit was gekraak, die dak ingeduik en die bande onrusbarend glad. Die vroutjie het intussen twee breipenne uit die mandjie gehaal en begin brei aan iets wat na 'n geel trui gelyk het.

"Dis Meisie, my vrou." Louwtjie het na haar beduie.

Sy het skamerig in my rigting geknik en koorsagtig voortgebrei.

Ek wil nie dweep nie, maar ek het weer aan die gelykenis van die barmhartige Samaritaan in die Bybel gedink nadat ons daardie Gypsey aan die Condor gehaak het. Dit was nogal 'n beduidende opoffering, het ek gevoel.

Ou Louwtjie, op sy beurt, het die hulp gelate aanvaar en het hom vinnig tuisgemaak voor op die passassiersitplek. Eers het hy die rugleuning effens platter geslaan en voor ons in vyfde rat was, het hy lekker diep in die sitplek langs my weggesak.

Ná 'n rukkie het hy sy een Jordan-skoen op die voorpaneel gesit. 'n Paar kilometer verder was die tweede Jordan op die *dash*.

"Meneer gee nie om om maar 'n bietjie aan te stoot nie?" het hy later gesê. " 'n Man wil nie in die donker langs die pad staan nie."

Dit was nogal moeilik om aan te stoot, want die Gypsey was heeltemal van balans af. Ek het aangebied om hulle tot op Britstown te tou waar die pad wegdraai PE toe. Daarvandaan sou hulle 'n redelik maklike stuk pad Baai toe hê oor De Aar, Middelburg en Cradock.

Duskant Modderrivier het Louwtjie vorentoe geleun en homself gehelp aan 'n peppermentjie uit die boksie in die holte by die rathefboom; en anderkant Modderrivier het hy 'n kasset te voorskyn gebring en vir my aangegee. "Kan Meneer 'n bietjie dié een vir ons insit? 'n Man is weer 'n slag lus vir goeie musiek."

Bles het die noot gevat. *Ruiter van die windjie wil ek bly, vryer as die voëltjies rondom my . . .*

Dit alles terwyl die seuntjie – ek het nou sy naam vergeet – agter oor die sitplekke klouter en die heeltyd skreeu: "Milo! Milo!"

Eers ná 'n rukkie, toe ek in die truspieëltjie kyk, het ek gesien waaroor die bohaai gaan. Agter in die woonwa, teen die Gypsey se voorruit, het 'n groot bruin hond gestaan. Milo. En hy het verlangend na ons in die Condor gekyk.

"Oom, kan Milo nie ook maar hier voor by ons kom ry nie!"

Naby Witput het ek stilgehou. Ek kon die seuntjie se geneul nie langer verduur nie. Louwtjie het Milo uit die Gypsey gaan haal, maar gelukkig was dié al gewoond aan die langpad. Hy het stil op die heel agterste bank gaan lê en ons is net nou en dan met 'n reukie aan sy teenwoordigheid herinner.

Meisie het heelpad niks gesê nie. Sy het net daar op die sitplek agter Louwtjie gesit en brei aan daardie geel trui.

Dis darem vreemd hoe optimisties 'n mooi sononder en die gesuis van 'n motor se bande op teer 'n mens kan maak. Louwtjie was opeens die ene planne vir wanneer hy in PE sou aankom. In sy kop het hy klaar daardie werk by Goodyear gehad.

Hy het vertel van die huis wat hy vir hulle gaan huur – selfs sou koop – hoe hulle in die see gaan swem en op St. Georges Park krieket gaan kyk.

Duskant Britstown, by die afdraaipad na De Aar, het ek stilgehou. Louwtjie het Milo eers weer in die Gypsey gaan toemaak. Toe het ons die Gypsey afgehaak. Dit was al laatmiddag. Ek het Louwtjie se hand geskud. Meisie het weer net stil in my rigting geknik.

Eers toe ek by die petrolpompe op Victoria-Wes uitklim, het ek die geel trui op die agtersitplek sien lê – klaar gebrei en netjies opgevou het dit daar vir my gewag.

BAKENS

Goue aande in die Bosveldse *drive-in*

Dana Snyman

DIE OU projektorkamer staan nog daar, maar die dak is af en die vensters is met rame en al uit die mure gebreek. Die groot skerm lê plat in die gras. Miskien het die wind dit omgewaai. Of miskien het die mense van die plakkerskamp daar naby dit omgestoot, want al die sinkplate is verwyder.

Die luidsprekerpaaltjies is ook nie meer daar nie.

Byna niks het van die inryteater buite my grootworddorp oorgebly nie.

Ek het nou die dag vir die eerste keer in hoeveel jaar weer by daardie paadjie ingery, verby die plek waar die kaartjieskantoor gestaan het. By die kafeteria, waarvan net die fondamente oor is, het ek stilgehou. Ek kon nie verder nie. Die gras en die kakiebos het te hoog gegroei.

Hoeveel aande het ons nie daar gaan fliek nie?

Eintlik was dit veel meer as net fliek, dit was deel van 'n leefwyse. Min plekke in die land het nie 'n inry gehad nie. Ons s'n se naam was die Bosveld-inry.

Ek het al dikwels gewens ek kan sê ek het op twaalfjarige ouderdom die werke van Louis Tolstoi, Jean-Paul Sartre en Andre P. Brink ontdek, en dat dít, meer as enigiets anders, my blik op die wêreld help vorm het.

Maar dit het nie vir my só gebeur nie. 'n Groot gedeelte van my kulturele identiteit kom van die *juke box* in ou Taki se kafee, van Springbokradiostories, Ruiter in Swart-boekies – en die flieks wat ek in die Bosveld-inry gesien het. *Enter the Dragon, Kaptein Caprivi, The Champ, The Day of the Jackal.*

En natuurlik *Dirty Harry.*

Die inry-ritueel het gewoonlik laat Saterdagmiddae begin wanneer Ma kos in Tupperware-houers gepak het: gekookte eiers, hoenderboudjies, biltong. Dit was eintlik maar padkos, net sonder die toebroodjies en die wors. In die plek daarvan kon ons pouse elk 'n *hot dog* by die kafeteria koop – 'n *hot dog* en Coke in 'n papierglas. (Coke proe vandag steeds vir my lekkerder in 'n papierglas as in 'n botteltjie of blikkie.)

Ons het gewoonlik vir 'n *double session* gegaan, twee flieks ná mekaar. Dit was die sewentigerjare, 'n tyd van brose heldinne en helde wat 'n bars kon skop en skiet en *double clutch*. Ali McGraw, Sybil Coetzee, Charles Bronson, Bruce Lee en, wel, Hans Strydom. (Hans was nie juis 'n vegter nie, maar kon nogal indrukwekkend vry.)

Meestal het daar al 'n ry motors gewag wanneer ons in ons kapoengeel Valiant Regal voor die hek stilhou. Almal was daar, selfs die arm Prinsloos in hul gaar Toyota Corona, met moontlik 'n klein Prinsloo in die kattebak omdat daar nie genoeg toegangsgeld vir almal was nie.

Party mense het sponsmatrasse gebring en voor hul motors op die grond gegooi; Ander het kampstoele oopgevou en skelm doppe in hul kattebakke geskink.

DIE VERRIGTINGE het net ná sononder op dreef gekom – maar eers *nadat* oom Apie en oom Shorty en oom Boet hul toeters begin blaas en hul ligte op die skerm geflits het.

Die fliek het begin. Skielik het die skerm lewe gekry.

In my geheue staan oom Thys, die Bosvel-inry se eienaar, in die donker buite die projektorkamer in 'n safaripak en suig senuagtig aan 'n Gunston terwyl die projektor soos 'n reuse-sprinkaan daar binne staan en kirrr.

Oom Thys was die ene paniek wanneer daardie projektor tydens die vertoning gebreek het en die skerm opeens swart was – iets wat gereeld gebeur het en altyd begroet is met flitsende ligte en 'n geskal van toeters.

Oom Thys se twee-in-een-reaksie was dan seepglad: Hy het vinnig, amper instinktief, nog 'n Gunston aangesteek en dan 'n aankondiging – in Engels – oor die luidsprekerstelsel gedoen, al was daar nie een bewese Engelsman op ons dorp nie: "Ladies and jintelman, we just want to say sorry for this tiny interruption. We experience a problem and are working on it. Just be patient, please. Dankie. Thank you."

Voor die *hoofattraksie* – dis wat die tweede fliek van 'n *double feature* in daardie jare genoem is – was daar eers so drie advertensies: een vir Oom Tjops se slaghuis, een vir die Total-garage en een vir die plaaslike Avbob-tak.

Dan was dit *SA Mirror/SA Spieël*, 'n kort dokumentêre insetsel oor landsake: 'n Nuwe dam wat geopen is, die Eerste Minister wat met tradisionele danse vermaak word tydens 'n besoek aan 'n tuisland, of dalk 'n boksgeveg van Pierre Fourie. (Volgens Gerhard Viviers se radiokommentaar het Pierre maklik-maklik gewen, maar die beoordeelaars het hom beroof.)

Een Saterdagaand het SA Spieël oor Suid-Afrika se goudbedryf gegaan. (Ek weet nie waarom onthou 'n mens sulke dinge nie.) Die skerm was meteens vol swetende mans in oorpakke en potte gesmelte goud, terwyl 'n gesaghebbende stem vertel het Suid-Afrika produseer 73,6 % van die wêreld se goud – tot groot vreugde van oom Apie op sy kampstoel voor sy Rambler Hornet.

"Het julle gehoor? 73,6 %!" het sy stem deur die inry weergalm. "G'n wonder die bleddie terroriste wil ons land hê nie." Dieselfde terroriste wat in *Kaptein Caprivi, Aanslag op Kariba, Baaspatrolliehond K9* en twee *Mirage Eskaders* voos geskiet is.

Die aand toe *Grensbasis 13*, 'n ander treffer in dié genre, gewys het, het die wrak van 'n Chev Firenza in die oopte voor die groot skerm gestaan. Dit was in 'n landmynontploffing in die operasionele gebied, het oom Thys in 'n somber stem aangekondig. Terrorisme.

Uiteraard het almal die wrak pouse gaan besigtig.

"Ou Thys lieg," het Oom Shorty na die Firenza beduie. "Ek ken hierdie kar. Dis Sakkie Vermeulen van Potties s'n. Hy't hom nou die aand naby die Floyd Hotel teen 'n boom gesmêsh."

Die inry was 'n bietjie van 'n droomwêreld, ja. Hoewel, jy sou dit nie gesê het as jy die aand daar was toe *The Champ* gewys het nie. John Voigt, wat die hoofrol vertolk het, was 'n bokser, wat sy laaste geveg moes wen om sy seuntjie, gespeel deur Ricky Schroder, te behou. En toe verloor hy dit.

Nee, erger, ou John word doodgeslaan. Klein Ricky hardloop nader en ruk en pluk aan hom op die krytvloer en skreeu: "Champ, wake up! Please, wake up! Champ! Wake up!"

My ma en ouma het 'n boks Gary Player-sneesdoekies opgehuil. My pa, ook duidelik aangedaan, het ná die fliek weggery met die luidspreker nog in die venster vasgeklem, ondanks oom Thys se herhaaldelike waarskuwings.

Ek glo ook steeds Jamie Uys se *Dirkie* was vir my so 'n uitmergelende, Freudiaanse ervaring juis omdat ek dit in die inry gesien het. Daardie hiënas wat vir Dirkie wou vang en die skerpioene wat hom wou steek . . . dit was net soveel meer realisties daar in die veld met die sterre hier bokant jou.

"My pa het my lief, hy sal my nie vergeet nie. My pa het my lief . . ." het Dirkie mos oor en oor gesê terwyl hy kringe in die Namib stap – 'n toneel wat vir baie Suid-Afrikaanse seuns 'n skrikwekkende uitbeelding was van totale, absolute eensaamheid. Hier was Dirkie – 'n seun nes jy – stoksielalleen, in die godverlate Namib.

Vaderloos, moederloos en Valiantloos.

Maar daar was nie net terroriste en trane in die Bosveld-inry nie. Inteendeel.

Hoe het ons nie gelag vir Don Leonard en Tobie Cronjé nie, en die *Carry On*-flicks nie. Hoe het ons ons nie verwonder aan Bruce Lee se spronge en skoppe terwyl hy man-alleen 'n hele garnisoen Chinese karatevegters in *Enter the Dragon* uitwis nie (net omdat een van hulle die vorige dag 'n bord of iets in Bruce se oom se restaurant gebreek het).

En jy onthou Clint Eastwood se onsterflike woorde in *Dirty Harry* beter as enige woorde in enige fliek. Want tydens die vertoning het dit begin reën en is die drama verhoog deur die aanhoudende geka-tjir-tjir van die Valiant se ruitveërs oor die windskerm: "Go (ka-tjir) ahead, (ka-tjir) make my (ka-tjir) day."

En wat van die keer toe jou ma haar klein Fiat 128 vir jou geleen het om Ronél Smit inry toe te neem? Jy weet nie meer wat gewys het nie. Jy weet wel Ronél het Charlie-parfuum aangehad, en terwyl die ruite rondom julle toegewasem het, het jy ontdek 'n Fiat 128 se kajuit is eintlik heel ruim.

TOE, IN 1975, begin die eerste TV-uitsending.

Meteens wou almal net TV kyk totdat die vlaggie saans laat wapper en Die Stem speel. *The World at War, Little House on the Prairie* en uitgerekte natuurprogramme oor plankton en jellievisse.

Oom Thys het hard probeer. Hy het twee vertonings vir die prys van een aangebied. Hy het die *hot dogs* goedkoper gemaak. Hy het selfs een aand vir Don Leonard gekry om handtekeninge voor die kafeteria te kom uitdeel.

Vergeefs. TV het op die ou end gewen.

Nou lê die groot skerm daar in die lang gras, voos geroes.

"Wake up, Champ! Please, wake up!"

Ek het nou die dag 'n klip daar in die Bosveld-inry se oopte opgetel en saam huis toe gebring. Die lewe is verandering; verandering is die lewe.

En tussen dit alles is jy, op soek na wie jy eens was.

Ek groet die Grand Hotel

Dana Snyman

NOU DIE MIDDAG toe ek by die Grand Hotel op my tuisdorp instap, toe is oom Riempies, die kroegman, besig om goed in kartonbokse te pak: Bottels drank, glase, asbakkies, afdrooglappe.

Ek het geweet die dag sou kom dat die Grand sal moet sluit, want oom Riempies-hulle het die laaste ruk maar gesukkel. Dit was duidelik. Dit het nie gelyk of iemand juis meer in die kamers met die krakende plankvloere tuisgaan of in die eens deftige eetsaal eet nie; en in die kroeg het altyd maar dieselfde paar *regulars* in hul eie rookwolk gesit.

Die mense wat deesdae op ons dorp wil oorslaap, boek by die *lodge* langs die N1 of by een van die twee gastehuise in; en die distrik se boere en die dorp se jongklomp kuier liewer in die nuwe Rhino Action Sports Bar as in die Grand se kroeg met die een TV-stel met die effe bibberende beeld.

Dít is deesdae die lot van baie plattelandse hotels. Kyk maar. Kyk maar.

Tot die Royal Hotel op Ladismith waaroor David Kramer in sy bekende liedjie sing, het volgens die koerant onlangs geldelike probleme gehad. Bethlehem in die Vrystaat het ook 'n Royal gehad, en dié is al gesluit. Nes die Royal op Bethulie. En die een op Beaufort-Wes.

Hoeveel Royal en Grand en Masonic en Continental Hotels op hoeveel dorpe het nie in die laaste paar jaar gesluit nie?

Ek het nou die middag nie juis met oom Riempies gesels nie. Ek kon sien die ou wou my nie regtig daar hê nie. Die kroeg se buitedeur was toegetrek en oor die ou Hitachi-musieksentrum het een of ander Smokie-liedjie gespeel.

Ek het stil in die hoek naby die *gents* se deur gaan staan en na alles rondom my gekyk: die voos veerpyltjiebord, die White Horse-porseleinperd op die gordynkap, die ry pette aan die balk bokant die toonbank. Teen die muur by die kasregister het Miss July 1978 ook steeds geglimlag, haar hande hoog bokant haar kop, haar borste kaal, behalwe vir die twee swart sterretjies op die regte plekke.

Oom Riempies, wat nooit getroud is nie, het Miss July 1978 jare gelede uit 'n *Scope* gehaal en daar opgeplak, en soms het hy van haar gepraat of hy haar rêrig ken.

"Jy moet aunty Ann in ontvangs gaan groet," het oom Riempies nou die middag opeens gesê, sonder om na my te kyk. "Jy gaan haar nie weer sien nie. Sy trek Baai toe."

Aunty Ann het al die jare in ontvangs gewerk; en soms, só is op die dorp geskinder, het sy snags party reisigers se eensaamheid in hul kamers help besweer.

Om by ontvangs te kom gebruik jy die kroeg se binnedeur waarop iemand met naelverf geskryf het: "I love Piet Pieterse." Ek het die deur oopgemaak en verby die afdruk van Tretchikoff se "Sterwende Swaan" oor die stowwerige rooi mat in die gang gestap, tot in die *lounge* waar die stoele al opgestapel gestaan het, gereed om weggeneem te word.

In daardie *lounge* het ek die eerste keer regtig drank gebruik: vier glase Coco Rico en Coke die aand in matriek toe ek gehoor het ek moet my militêre diensplig op Ladysmith in Natal gaan doen.

In daardie *lounge* het Ronél Smit my op my eerste pas agter een van die rubberplante gesoen.

Aunty Ann, wat haar wenkbroue skeer en dan vir haar nuwes inteken met 'n grimeerpotlood, was agter ontvangs se toonbank, ook besig om goed in kartonbokse te pak.

"Dit is jammer," het ek vir haar gesê; en, ja, dit was maar 'n flou ding om te sê.

Ek het daar gestaan en probeer dink hoe dit was toe die Grand nog 'n gewilde oorstaanplek vir allerhande mense was: handelsreisigers, vakansiegangers op pad see toe, diamantkopers op pad na Bloemhof se delwerye. Selfs Al Debbo het eenkeer daar oornag op pad na 'n konsert êrens.

In die *lounge* was altyd twee kelners aan diens met 'n wit servet oor die baadjiemou; en in die eetsaal is drie maaltye per dag bedien. Ek, Pa en Ma het dikwels Sondagmiddae daar gaan eet. Voorgereg was altyd sop of vis, en hoofgereg bees, skaap of hoender, gebraaide aartappels en groente-in-seisoen. (Pa en die ander ooms het sommer altyd 'n *combined* bestel: al drie soorte vleis tesame.)

Nadat ek aunty Ann in ontvangs gegroet het, is ek terug na die kroeg. Oom Riempies was steeds besig om te pak op die maat van Smokie se *Greatest Hits*.

Alles wat ek nou hier sien, het ek vir myself gesê, moet ek onthou: die wit perd op die gordynkap, die veerpyltjiebord, die twee gate wat oom Boos Brits in die plafon geskiet het toe ons die Wêreldbeker in '95 gewen het; die stoeltjie met die krom rugleuning waarop ek gesit het terwyl Pamela Gouws met 'n swart bolpuntpen 'n arend met oopgespreide vlerke op my arm teken die aand nadat my ma oorlede is.

Oom Riempies het nie eens gesien toe ek by die deur uit is nie. Dit was al laatmiddag, die son was al agter die Moederkerk in skuins oorkant die straat, en deur die kroeg se oop venster kon ek sien hoe haal oom Riempies Miss July 1978 van die muur, hoe vou hy haar versigtig op – en hoe druk hy haar in sy hempsak.

Die Royal sluit sy deure

Willemien Brümmer

AS KIND het ek skelmpies die skuiframvenster van Ladismith se ou Towerkop Hotel oopgeskuif. Die enigste inwoners was 'n stuk of tien katte wat sag om jou kuite geskuur het sodra jy in die omtrek van dié ou gebou in Kerkstraat gekom het.

Binne was al meubels 'n paar stowwerige bokse, dalk 'n opgefrommelde kombers van 'n boemelaar. Tog, wanneer ek my deur die venster gewriemel en my voete op die verweerde geelhoutvloer laat neerplons het, het ek geglo ek's in 'n ander wêreld.

Voor my geestesoog kon ek die hotelgaste van destyds sien. Die volstruisbaronne en hulle vroue in ritselende sy. Ek kon kristalglase hoor rinkel en silwer messegoed wat oor borde skuur.

Dié skimme moes uit die tyd van Sam en Sophie Nurick gewees het – toe hulle in die 1920's die Towerkop Hotel herdoop het tot die Royal. Dít was voor hulle in 1938 die nuwe Royal Hotel in Van Riebeeckstraat laat bou het.

Die nuwe Royal was in die Nuricks se tyd glo dié hotel. Mense het van heinde en ver gekom om dié spoggerige Art Deco-gebou te aanskou. In die 1940's het dit die toekenning gekry as naasbeste in die land, net ná die Carlton in Johannesburg.

Vreeslike belangrike mense het op die dorp kom oorwinter. Dit was glo 'n soort gesondheidskuur om die witgerypte oggende te beleef en snags langs die knetterende kaggelvure te sit. Dit was voor die *hydros* en ná die volstruisbaronne – die tyd van die Jode op Ladismith, toe die Royal vol persiese matte en stinkhout en swaar en donker meubels was.

135

MAAR DIE VERVAL was onafwendbaar. Nellie Veldsman, ma van die bekende restaurantman Peter Veldsman, was destyds die sjef.

Laat verlede jaar gaan soek ek vir tant Nellie op in die ouetehuis op die dorp. In haar wit kortmoutruitjie en pers blomrok sit sy penorent op haar bed in die siekeboeg. Sy staar voor haar uit met verbasende helder oë. Haar stem is fyn en hoog – soos dié van 'n voëltjie.

"Mister Nurick was 'uncle Sam' vir almal en sy was 'aunt Sophie' vir almal. Hulle was nederige mense, goeie mense."

Tant Nellie kyk na die verwaaide bloureën en die stil straat daarbuite. "Die hotel het hulle gemáák. Ons was party aande só vol dat ons in die boonste sitkamer moes bed opmaak. Ek het twee spyskaarte 'n dag opgemaak.

"Die laaste Krismis wat ek daar gewees het, had ek 400 gaste. Die eerste toerbus wat ingetrek het voor die hotel, was bespreek, maar die tweede en derde was nié en hulle wil ete hê. As die mense nóg vleis wil hê, dan bestél hulle . . . "

Haar stem klim nóg hoër. "Nee jong, ons het lekker hotel gehou."

Ek knik. Ek wéét van lekker hotel hou. Vanaf die eerste keer toe ek as student na die dameskroeg van die nuwe Royal in Van Riebeeckstraat gegaan het, was daar 'n toorkrag aan dié plek. Dit moes gewees het ná Dinnies afgebrand het, want tóé al was die Royal die enigste hotel op die dorp.

Sommer met die instap het ek gewoonlik gevra dat hulle David Kramer se "Meisie sonner sokkies" speel. Dit was immers dié kroeg, so het die mense altyd gesê, waarop Kramer se "Hier sit die manne in die Royal Hotel" geskoei was.

Vandat ek kan onthou, het daar 'n langspeelplaat teen die kroegmuur gehang met: "To Royal Hotel . . . Hier sit die manne". En onderaan die velskoenkoning se handtekening. Die eerste konsertina-note sou opklink en ek en my kamerade sou dans asof ons nooit weer gaan sit nie.

DIT WAS EEN só 'n aand dat ek die eerste keer van Ladismith se paddaman gehoor het. Hy't in die ou Towerkop Hotel gewoon. Die lewenstaak wat hy op hom geneem het, was die aanmekaarsit van groot, gespikkelde papierpop-padda's waarmee hy die dorp weer "op die *map*" wou sit.

Sy gifgroen padda's het oral vir jou geloer: Op die stoep van die Vinkneskafee, by die Total-garage en op die balkon van sy huis waar die volstruisbaronne jare gelede hul sigare gerook het.

Maar net soos Tant Nellie wat al op die drumpel van 'n ander wêreld is, is die paddaman intussen na 'n ander plek. Die mense vertel sy vrou het by die huis deur die venster na buite gekyk en kon nie verstaan hoekom haar man se gesig so stil staan nie. Eers toe sy nader kom, het sy gesien sy voete hang sentimeters bo die grond.

HY'S NIE ÁL spook nie. Luister jy na Christo, die Royal se laaste eienaar, en Jackson die *griller,* was dit een van die min plattelandse hotelle met 'n kamer 13. Al het niemand ooit in daardie kamer geslaap nie.

Eers met my heel laaste besoek willig Jackson in om my dié kamer te gaan wys. Hoekom ek gaan kyk, weet ek nie. Als het eintlik reeds onherroeplik verander.

Net die vorige week is daar vendusie gehou in die stadsaal. Als behoort nou aan ander mense: die Coke-yskassie in die hoek, die donkiekarlisensies, die ou kasregister buite die restaurant, die bal-en-klou-meubels, die loodglas-lampskerms en die spieëls uit die 1940's.

Die kroegmure is kaal en ek weet nie waar is David Kramer se plaat nie.

Bo in kamer 13 is dit ongewoon koud. Die kraan drup-drup. Net soos die ander 20 slaapkamers is dié kamer gestroop. Die rooi en groen matte in die gang is verbleik, 'n krismisboom verby sy fleur.

Jackson se stem is skielik hoog, met 'n effense eggo. Sy oë spring heen en weer asof hy dink hy word bekruip. "Hier't 'n oom in die kamer gesterwe. In die week kan jy hoor hoe die deure klap. Partykeers gaan die water en ligte vanself aan."

Hy praat sagter. "Ek het nou nog nie die ou man gesien nie, maar ek kén van spoke. Jy kry mos so 'n diep sluimer en die honde blaf. Dan druk hy jou vas op die bed en jy sukkel om los te kom. Jy skop en jy trap." Ek voel iets kriewel in my nek, maak my uit die voete.

Onder sit Christo skouers vorentoe gebondel, drankie in die hand langs die deur van die dameskroeg. In dieselfde stoel waar hy hom die afgelope tien jaar aand ná aand neergevlei het.

Hy nooi my nie soos gewoonlik vir nog 'n whiskey nie. Hy sit net, die ys stadig aan die smelt in sy glas. "Natuurlik is 'n mens nostalgies, maar ek het nie 'n keuse gehad nie. Die oorhoofse kostes was net te hoog."

Hy praat harder, asof hy hómself probeer oortuig. "Hier kom gróót goed op die dorp, dít kan ek jou belowe. Net die ander dag het die eerste vliegtuig hier op die dorp aangekom. En hier kom 'n lughawe met 'n hotel."

Ek groet en loop so vinnig as wat my voete my kan dra na my bakkie. Vir die eerste keer sien ek hoe verlate is die hoofstraat, selfs op 'n Saterdagaand.

WEKE LATER VOER ek 'n onderhoud met David Kramer in die Kaap. Voor ek loop, vertel ek hom van die Royal op Ladismith wat toemaak. "Moet seker vir jou swaar wees," sê ek, "dat die plek waaroor jy nou al al die jare sing sy deure sluit."

Hy vat aan sy swart hoedjie, kyk effens verbaas na my. "Die Royal Hotel waarvan ék sing, is gebaseer op die hotelle in Worcester waar ek grootgeword het en die Royal op Hermanus. Daai Royal is ook nie meer daar nie."

'n Droë laggie. "Maar ek weet hulle vertel nog al die jare vir die mense in die *bar* op Ladismith dis dáái hotel waaroor ek sing."

'n Pouse. "Ek kom partykeer op dié dorp. Dís hoe ek die keer die ou by Ladismith se Royal uitgevang het. Ek en my *band* het daar ingestap en gesien dis nie my handtekening teen die muur nie." Hy grinnik. "Maar dis nie 'n probleem nie. Ek het net vir die ou gesê, gee vir ons almal 'n koue bier, dan gee ek vir jou die *real thing*. Alles is ge-*fix*."

Maar so maklik *fix* jy nie herinneringe nie.

Meerminne van die langpad

Dana Snyman

DIE BABA van daardie kroegmeisie op Kimberley moet al gebore wees.

Wat was haar naam nou weer? Tokkie? Of was dit nou Driekie? Riekie? Skielik is ek nie seker nie.

Ek is mos maar knaend op die langpad en kry pal met nuwe kroegmeisies te doen: Charmaine op Ventersdorp, Tasha op Upington, Zoey op Kroonstad. Toeks op Beaufort-Wes. (Die naam van daardie pragtige blonde kroegmeisie in die hotel op Van Zylsrus het ek ook nou vergeet.)

Dis nie dat ek my dae in kroeë omsit nie. Maar die kroeg is een van die eerste plekke waar ek stilhou as ek op 'n vreemde plek kom. Dis waar jy hoor wat regtig op 'n dorp gebeur. Wie baklei met wie. Wie vry met wie. Wie het 'n interessante storie te vertel.

Buitendien hou ek nie daarvan om ná 'n lang dag op die pad my biertjie alleen te geniet nie. Ek wil dan 'n slag stemme om my hoor.

Soms sit ek ook sommer net daar op een van die hoë stoeltjies, sorteer dinge in my kop uit en kyk hoe die manne om die kroegmeisie se aandag meeding.

Soms wonder ek wat eintlik in kroegmeisies se kop aangaan. Maak hulle werk hulle sinies oor mans? Voel hulle soms eensaam te midde van al die mense, of is daar nie tyd daarvoor nie? Het hulle skuldgevoelens oor al die drank wat hulle bedien aan mense wat reeds te veel in het?

'n Maklike werk is dit beslis nie.

Ek het al gesien hoe omgekrap ou Japie van die garage in die Ventersdorp-hotel kan raak as Charmaine per ongeluk sy brandewyn in 'n lang glas skink.

Japie drink nie uit 'n lang glas nie. Japie drink net uit 'n kort glas, 'n *goblet*.

Lampies van die slaghuis, weer, wil net een ysblokkie in sy vodka hê – net een, nie twee of drie of meer nie. En daardie een blokkie moet eers ná die vodka in die glas gegooi word, nie voor die tyd nie.

Ek het ook al gesien hoe gaan gee Charmaine vir die twee boerboele van 'n boer van die distrik water in 'n ysbak omdat hulle agterop die bakkie is en dit voor die kroeg in die bloedige son staan.

En, ja, natuurlik is daar gedurig mans wat by Charmaine aanlê. Maar sy is 'n ervare kroegmeisie. Sy weet hoe om sulke amoreuse aanslae af te weer.

Party ander kroegmeisies weet nie altyd hoe nie, veral die jonges.

Ek het oor die jare al baie kroegmeisies se geleidelike ontnugtering oor dinge gesit en bekyk. Hulle kom gewoonlik op die dorp aan, jonk en onervare, en trek by een van die hotel se agterste kamers in – met hulle eie teddiebeer op die bed en 'n Solly Osrovech-Bybeldagboek op die bedkassie.

Dikwels hoop hulle hulle ontmoet 'n ryk, jong boer of die nuwe jong prokureur, raak verlief en trou.

Ander vertel jou weer hulle werk eintlik net op hierdie godverlate dorpie omdat hulle geld bymekaar maak om Londen toe te gaan, óf hulle spaar vir 'n vliegtuigkaartjie na Miami in Amerika waar hulle op 'n luuksepassasierskip in die Karibiese See wil gaan werk.

En dan, 'n paar maande of 'n jaar later, kom jy weer op daardie dorpie en jy stap by daardie kroeg in en dan is sy nog nie in Londen of op 'n skip op die Karibiese See nie. Dan staan sy steeds daar en skink brandewyn-en-Coke vir die ooms. En kyk jy mooi na haar, sien jy die tekens van ontnugtering: die donkerte om die oë, die kortgekoude naels, die kneusplek op die arm.

Maar nou veralgemeen ek. Nie alle kroegmeisies is slagoffers nie. Inteendeel, party is sielkundige raadgewers en biegmoeders – die biegmoeders van die verlate vlaktes. En in 'n sekere sin respekteer ek hulle raad meer as 'n sielkundige s'n, want baie van hulle het al self die lewe se skerp kant gesien en ervaar, anders as baie sielkundiges.

Lucky van Captain Paul's Pub naby my huis in Pretoria het my al deur twee liefdesteleurstellings gehelp, net so bekwaam as wat oorle' prof. Murray Janson dit sou kon doen.

Lucky het my ook een aand die getatoeëerde roos op haar rug gewys wat sy gekry het toe sy as jong meisie saam met haar *boyfriend*, 'n ou wat Kirby-stofsuiers verkoop het, weggeloop het Durban toe.

Interessant, baie kroegmeisies het in een of ander stadium in hulle lewe weggeloop Durban toe.

Baie kroegmeisies was ook eens op 'n tyd verloof, maar kort voor die troue het sake skeef geloop. Hulle noem dit gewoonlik 'n "liefdesteleurstelling", 'n unieke soort sosiale teëspoed wat jy oënskynlik net in Afikaans kry.

Die kroegmeisie van die hotel op Vryheid het weer 'n ander probleem. Haar naam is Rina Hugo.

"Omdat dit my naam is, dink almal ek moet kan sing en alles van musiek af weet," het sy al by my gekla. "Ek wens ek het 'n rand gehad vir elke man wat al laat in die aand vir my gesê het: 'Sing 'n bietjie vir ons iets, Rina. Ag toe, sing vir ons iets'."

DAARDIE KROEGMEISIE OP Kimberley sal ek nie vergeet nie.

Dit was laas Desember, naby Kersfees. Ek was op pad Karoo toe en het die middag laterig op Kimberley gekom. Nadat ek 'n hotelkamer gekry het, het ek eers 'n ent gaan stap. Toe het ek by die Spur gaan eet. En daarna is ek gou kroeg toe.

Dit was nog een van daardie regte ou kroeë met die houtpanele teen die mure, 'n verslete pyltjiebord, en stadige waaier met wye arms teen die dak.

Die kroegmeisie het op 'n hoë stoel agter die lang blink toonbank gesit, met so 'n los jurk aan met 'n prent van Mickey Mouse daarop.

Sy was swaar verwagtend. Dit was een van die eerste dinge wat ek opgemerk het toe ek daardie swaaideurtjies oopstoot.

Daar was niemand anders by die toonbank nie. Ek het op een van die stoeltjies gaan sit en 'n bier bestel. Dit was 'n bedompige aand, en oor die luidsprekers het een of ander Kenny Rogers-liedjie gespeel.

Sy het deur 'n tydskrif vol Hollywood-sterre geblaai, haar maag ongemaklik onder Mickey Mouse geswel. Tussendeur het sy aan 'n sigaret geteug.

Ons het nie juis veel gesels nie. Sy wou weet waarheen ek op pad is en wat ek doen – die gewone gesprek wat 'n kroegmeisie met 'n nuwe klant voer. Ek, weer, het haar uitgevra oor die rye en rye pette wat aan die balk bokant die toonbank gehang het. John Deere. Blou Bul. New York Yankees. Disprin. Opel.

In die hoek, eenkant tussen al die kepse, het daar ook 'n verlore klein rooi bikinibroekie gehang – stille getuienis van 'n vrolike aand, eens op 'n tyd.

Die volgende oomblik het sy van die stoeltjie af orent gekom.

"Hy't geskop!" het sy uitgeroep. "Ek't die kind pas voel skop. *Genuine*." Sy het albei haar hande op haar maag gedruk.

Ek moes seker maar net my mond gehou het. Maar ek het nie. "Is dit seer?" het ek gevra.

"Nee, dis *amazing*," het sy geantwoord. "Wil jy voel?"

Sy het voor my kom staan. "Wil jy voel, hè?"

Kenny Rogers was nou stil en buite in die straat het 'n hond geblaf, terwyl ek oor die toonbank leun en my hande op die kroegmeisie se maag sit.

Wat was haar naam nou weer? Tokkie? Of was dit nou Driekie? Of Riekie?

Ek is nie seker nie.

DIE ARMY WAS OOK 'N REIS

Diensplig was 'n vreemde reis

Jaco Kirsten

DICKENS HET GEPRAAT van tye wat tegelyk goed én sleg was. Baie van ons noem dit "die beste twee jaar van my lewe wat ek nóóit weer wil oorhê nie". Die gevolge van militêre diensplig word nou nog gevoel. Die meeste wit mans tussen 32 en 50 is daardeur. Dit verklaar in baie gevalle ons kennis van en voorliefde vir die buitelewe. Ook ons drang om nou eens verbode plekke noord van ons te besoek.

Dalk uit avontuurlus. Maar dalk ook om te gaan kyk wat en waar ons eenkeer was. Waaroor het die bakleiery destyds nou eintlik gegaan? Hoe lyk Ongiva nóú? En die vliegveld op Menongue? Of wat van Cuito Cuanavale? En die Calueque-dam in Suid-Angola, waar 'n bom van 'n Mig 23 die Buffel met 'n skoolmaat, Emile "Mielie" Erasmus, en sy makkers in stukkies geskiet het? Wat sal ek voel as ek by die krater in die beton gaan staan?

Waar is die koperornamente met die knielende soldaat of die buitelyne van Suidwes-Afrika deesdae? Dié met die leuse: "SWA: Ek was daar."

Ek was agtien toe ek in 1987 vol bravade op die trein geklim het. My ouers het kom groet. Pa was net stil. Ma is vandag nie meer daar sodat ek vir haar kan sê ek verstaan nou eers hoekom sy gehuil het nie.

Ons het skaars in ons *bungalows* by 1SA Infanteriebataljon – "One SAI" – op Bloemfontein ingetrek, toe kom besoek 'n paar korporaals ons een aand. "Wie's van Durban af? *Surf* julle?" Twee het bevestigend geantwoord. "O, daggarokers . . . "

Kort daarna het sammajoor "Killer" Smit ons ingelig: "De South Êfrican

Army is 50% English and 50% Afrikaans . . . it was English for de firrrst fifty jirrrs and it's gonna be Afrikaans for de next fifty jirrrs."

Vir die eerste keer het ek met mense van my ouderdom te doen gekry wat net st. 8 agter hulle naam kon skryf – sommer baie van hulle. Ene Nicky het doodluiters vertel dat hy "in die tjoekie" was en dus nie die *army* "sug" nie, want eintlik is hy " 'n Jo'burg joller."

Binne 'n paar weke is ek Valskermbataljon toe. Nou, agtien jaar later, is dit moeilik om alles te onthou. Tog staan 'n paar dinge uit. Ek is nie hipernetjies nie, maar een of twee keer het ek na my inspeksiebed gekyk en gedink: "Hy's darem mooi ge-*square*." Tot vandag toe stryk ek my eie hemde en politoer my skoene. En hoe sal ek die vlak trane van die *Dear Johnny*-brief uit Pretoria ooit vergeet?

Miskien is dit die karakters wat die meeste uitstaan. Die afvlerk-voëltjies, soos skutter Will van Pretoria wat beslis nie in die wieg gelê is om soldaat te word nie. Tydens pelotonwapens-opleiding is hy nét betyds deur sersant Meiring geklap voordat hy 'n mortierbom neus eerste in die mortierpyp sou gooi– dít nadat hy seker dertig keer toegekyk het hoe die ander dit rég doen.

Het hy in die agtien jaar wat sedertdien verbygegaan het, al besef hoekom hy geklap is? Waarskynlik nie.

Elkeen wat in "die Bataljon" was, weet wat 'n "kort Möller" en 'n "lang Möller" is. Dié twee roetes in Tempe van ongeveer 3 km en 6 km is genoem na ene kmdt. Möller wat blykbaar besluit het dis net die regte manier om aspirant-valskermsoldate hardloopfiks te kry.

Daar was Immelman van die Noord-Kaap wat, ondanks sy lenige bou, net nie kon byhou nie. Selfs 'n "kort Möller" was nooit volledig sonder ons wat hom aanpor met "Kom, Immelman, kom!" gevolg deur die klassiek onvermydelike: "Ek kan nie meer nie, korporaal!" Nodeloos om te sê, het Immelman nie lank gehou nie.

Ek onthou vir Rooies van die Vaaldriehoek wat altyd gemor het en nie kon wag vir die dag dat ons kon snor dra nie. Tydens my eerste kamp het ek hom weer gesien. Met 'n snor. En 'n boepens en 'n tieroog-trouring.

Gary Sheard was ons staandemag-korporaal wie se Afrikaanse sintaksis nie so lekker was nie en ons gereeld gedreig het met: "Trhoepe, as ek sê julle trhee aan, dan julle trhee aan . . . "

En dan was daar Smith van die Oos-Kaap. Op 'n dag het hy op sy bed gelê en verklaar: "Ek is nie meer 'n Engelsman nie. Hulle is *softies*. Ek is nou 'n Boer." En vir die daaropvolgende 20 maande het ek hom nie weer een woord Engels hoor praat nie.

EK LY AAN hoogtevrees en was voor my eerste valskermsprong beangs. Later het dit makliker geword. Ek het geleer dat jy haas enige vrees kan onderdruk as jy regtig moet. Vandag weet ek nie of dit 'n goeie of slegte ding is nie.

Daar was die massasprong noord van Pretoria toe naarheid ons 64 springers in die C160-vliegtuig oorval het en baie van ons by die deure uit is met vol naarsakkies. Ek het my sakkie in my rugsak gedruk. Met die landing het dit gebars. Eers twee weke later het ek genoeg moed bymekaar geskraap om alles behoorlik skoon te maak.

Ons kompaniesammajoor was stafsersant Tollie Myburgh, 'n topsoldaat en natuurlike leier. Wanneer ons moes wagstaan, het hy ons op parade pertinent gewaarsku om nie tydens ons swerfwagbeurte na die *bungalows* te "swerf" om skelm televisie te kyk deur die venster nie.

"Kyk, *Wiekie die Viking* is 'n blíksems goeie program. Ek kyk dit self. Maar júlle mag nie – julle is swerfwagte."

Tydens een van ons eerste patrollies in Ovamboland het ons die gedreun van 'n voertuig gehoor. Almal het platgeval – of "dekking geslaan". Behalwe Kotze van De Aar. Hy het halfhartig agter 'n bossie gaan kniel.

"Kotze! Wat die f— doen jy?" het iemand geskree.

"Ek voel f—," het hy moedeloos verklaar. "Ek soek aksie."

Aksie hét ons toe later gekry. Daar is iets tegelyk vreesaanjaend én poëties aan 'n Mig 23 wat jou bombardeer as jy te voet in Angola rondsluip. Ja, jy besef hy wil jou doodmaak, maar dit ís darem maar 'n bleddie mooi vliegtuig. Kan 'n mens dan vir oorlede Gerrit Spies verkwalik dat hy één geword het met 'n bos en sy Kodak uitgepluk het – "want sê nou hulle maak weer 'n draai?"

Die kenners sê jy moet probeer om nooit meer as 25% van jou liggaamsgewig te dra as jy voetslaan nie. Wat sal hulle sê van die feit dat ek gereeld so 60% van my eie liggaamsgewig gedra het op lang operasies?

Daar was die slaap onder 'n seiltjie – 'n "bivvie" – in Ovamboland se reënseisoen; die Oukersaand in 1987 toe water deur my slaapsak gestroom het en ek vir Van Aswegen gefluister het: "Hei, ken jy daai *song* 'Islands in the Stream'?"

Dis amper agtien jaar sedert ek vroeg in Desember 1988 uitgeklaar en my pa my by die eenheid se hek kom oplaai het. Ek vermy deesdae steeds die meeste oorlogflieks – dis net té onrealisties. Ek moet my humeur beteuel as mense wat nie dáár was nie, stellings maak oor die oorlog, moreel óf militêr. Dis 'n kruis wat ek vir die res van my lewe sal moet dra.

Die tyd stap aan. Begrippe soos "djippo", "inklaar", "vuur-en-beweging", "Claymore", "sleg moer", "awol", "varkpan", "deurtrekker" (dié een verwys na 'n deel van 'n R4 se skoonmaakstel), "roof", "ou man", "KSM", "RSM" (die *army* is mal oor afkortings) en "pel bev" is besig om te vervaag. Hoe verduidelik jy aan iemand wat die bevel "staaldak, *webbing* en geweer!" beteken het?

Die gesegde "Old soldiers never die, they just fade away", begin ál meer sin maak.

Onlangs koop ek 'n energiestafie in Pick 'n Pay. Rum & Raisin-geur. Later vertel ek my vrou opgewonde dat dit nés 'n *rat pack* s'n proe.

"O," sê sy.

Het die ervaring – hierdie vreemde reis – van my 'n beter mens gemaak? Om dít te beantwoord moes daar 'n kloon van my gewees het wat dit nié deurgemaak het nie. Ek sal nooit weet nie.

Maar miskien is hierdie ongelooflike – eintlik bisarre – twee jaar die beste opgesom deur een van ons seksielyers, Fanie Ferreira van Humansdorp, 'n stil, sterk kêrel wat eenkeer verklaar het: "As jy praat, dan sê hulle jy praat net oor die *army*. En as jy stilbly, dan sê hulle jy het verander."

Ja, dit was inderdaad 'n vreemde reis.

Die Koelkopkorps op die Swartbergpas

Bun Booyens

GAAN KYK MAAR in enige toerismebrosjure oor die Klein Karoo: die Swartbergpas, tussen Oudtshoorn en Prins Albert, word altyd bestempel as "die prins van passe". Maar laat ek sommer dadelik bieg, weens twee voorvalle het ek gemengde gevoelens oor een van dié passe: die Swartbergpas in die Klein Karoo.

Toe ek vyf jaar oud was, het ons gaan sneeu kyk in my pa se Peugeot 404-stasiewa. Op een van die steilste gedeeltes het ons oor 'n plaat ys gery. Die Peugeot se wiele het begin tol en ons het stadig agteruit begin gly na die afgrond se kant toe . . . Dit was die bangste wat ek in daardie eerste vyf lewensjare was ('n moeilike geboorte ingesluit).

En dan was daar die tweede voorval – eintlik 'n hele episode – toe 'n klomp van ons as dienspligtiges die Infanterieskool se Vasbyt 5-roetemars in die Swartberge gestap het: vyf dae se stap met 'n swaar vrag en bitter min kos.

ONS IS MET Bedford-lorries by die voet van die pas afgelaai. Bo teen die hange het swaar reënwolke saamgepak. Toe het hulle ons begin deursoek vir versteekte kos en sigarette.

Maar eers 'n bietjie agtergrond. Die tien troepe in my seksie was nie wafferse soldate nie. Soos voetsoldate wêreldwyd, het ons eintlik maar net probeer om so min as moontlik te doen, trouens ons het loodswaai tot 'n kunsvorm verhef. Vir ons – die "Koelkopkorps" – was die kortste pad van punt A na punt B nie 'n reguit lyn nie; die doel was om by punt A te bly en niks te doen.

Kort voor lank het ons 'n reputasie onder die kompanie se korporaals gehad. As daar iewers moeilikheid was, het hulle die skuldige eerste by die Koelkopkorps kom soek (en gewoonlik gekry).

Veral een korporaal, Lerm, so 'n kort raserige enetjie, het dit as sy roeping beskou om ons moeilikheid te gee. Hy het dus dié oggend daar by die Swartbergpas groot moeite gedoen met die deursoekery, want hy het geweet die Koelkopkorps sou iets probeer deursmokkel.

Lerm het my rugsak uitgeskud en elke hoekie binne bevoel. My slaapsak is oopgerol en oopgerits. Niks. Later moes ek my hemp uittrek en selfs my broek se knope losmaak, sodat hy kon seker maak daar's nie iets in my onderbroek versteek nie.

Uiteindelik het hy drie sigarette in my geweer se skoonmaakstelletjie opgespoor. "Gedog jy kan my *fool*?" het hy geroep terwyl hy die sigarette teatraal tussen sy vingers fynmaal. "Ek ken al die *tricks*! Ek was al in *uniform* toe jy nog in *liquid form* was!"

Maar Lerm het die een plek oorgeslaan waar hy eintlik moes soek. In my bosbaadjie se hempsak was twee pakkies Chesterfield 20.

EN SO HET ons begin stap. Die eerste stop sou 'n beheerpunt aan die anderkant van die berg wees. Van die begeesterde seksies het reguit teen die berg begin uitklouter. Ons het besluit die koelkopding sou wees om eerder padlangs met die Swartbergpas uit te stap.

Almal was in 'n gemoedelike bui, want 'n groepie voetsoldate met twee pakkies Chesterfield voel altyd beter as een wat niks het nie. Selfs die nierokers was heel vrolik.

Tien minute later het dit begin reën. Diegene wat 'n *army*-reënjas ken, sal weet dat dit oënskynlik ontwerp is om álle vog van buite deur te laat en dan binne te hou. Binne minute was ons sopnat.

Op 'n roetemars dra jy 'n opgerolde kombers bo-op jou rugsak, 'n grys stuk materiaal wat met gemak 'n voorstedelike swembad se water kan absorbeer – loodswaar ná 'n reënbui. Al wat jy dan kan doen, is om twee treë voor jou in die grond vas te kyk en een voet voor die ander te sit.

Hoe hoër ons geklim het, hoe kouer het dit geword. Bo-op die pas, was dit of iemand skielik 'n vrieskas se deur oopgeruk het. Die kapok het dik gelê en ons het in die bek van 'n ysige wind in gestap. Die ysreën het teen ons gesig gewaai. Ons moes skree om mekaar bo die wind te hoor.

'n Entjie voor ons het 'n militêre Land Rover – 'n "Gary" – langs die pad gestaan. Toe ons verbystap, klim die basis se dominee, kapelaan Odendaal, uit om ons 'n bietjie moed in te praat.

"Môre, môre, manne!" het hy opgeruimd bo die gedruis wind geroep. "Lekker dag vir stap, nê?"

"Lekker k*k, ja," het Barnard geantwoord, net-net onhoorbaar bo die res van ons se gemor. Die Koelkopkorps se moreel het begin wankel.

Ons het agter die Land Rover teen die wind gaan skuil, waar ds. Odendaal vir ons 'n gebed gedoen het ("die vallei van doodskaduwee" is verskeie kere genoem, onthou ek).

En toe gebeur iets wat 'n keerpunt sou bring vir die Koelkopkorps se Vasbyt 5.

Tydens die gebed het ek my een oog oopgemaak, en daar het dit gelê op die sitplek van die dominee se Land Rover . . . 'n groot "family pack" Liquerice All Sorts!

Ek het dit as 'n teken van Bo beskou. Toe die dominee amen sê was die pak All Sorts reeds onder my bosbaadjie.

AS JY VAN Oudtshoorn se kant oor die pas ry, kry jy anderkant die kruin 'n klein denneplantasie. Dis daar waar ons teen die sneeu gaan skuil het.

Ons het 'n hopie dennenaalde bymekaar gehark en 'n vuurtjie aangesteek met 'n paar vuurhoutjies wat iemand deurgesmokkel het. Toe het ons dennebolle bygesit en ná 'n kwartier was almal min of meer ontdooi en droog gebak.

Ons het 'n Chesterfield of drie aangesteek en van hand tot hand gestuur. Toe't ons weer begin stap, elk met 'n All Sort in die kies. As jy dit suig, hou dit nogal lank, veral die drop-gedeelte in die middel.

Die Koelkopkorps was een van die eerste spanne by die beheerpunt, iewers op 'n tweespoorpaadjie weg van die pas af. Die res van die kompanie was nog elders in die Swartberge, verdwaal en half verkluim.

LATER DIE DAG het ons verby 'n groepie korporaals langs die pad gestap. "Wil julle Sugus hê, troepe?" het Lerm geroep en sy tong uitgesteek met 'n helderpienk lekker daarop.

"Nee dankie, ons het liquorice," het ek iewers uit die bondel geantwoord.

Sulke pittige aanmerkings gaan nie ongemerk verby in 'n militêre opset nie. "Gee hom 'n @#$%^& Bren!" het drie of vier van die ander korporaals feitlik gelyktydig gesê.

Die Bren is 'n L.M.G. – afkorting vir ligte masjiengeweer – maar vra vir enigiemand wat al een moes dra, hy's nie lig nie. Dis 'n swaar, ongemaklike stuk yster. (Gaan kyk maar in enige weermag in die wêreld, die L.M.G. word gedra deur óf 'n groot, goedige dom ou óf 'n kleiner moeilikheidmaker.)

As jy 'n Bren voor jou maag dra, stamp dit met elke tree teen jou lyf. As jy hom oor jou skouer gooi en aan die geweerloop vashou, druk dit jou dat jou arm ná 'n rukkie lam raak.

Jy kan 'n Bren ook dwars oor albei skouers dra, agter jou nek verby. Dan drapeer jy jou arms van agter af oor hom, amper soos iemand wat 'n kruis dra. Maar dis moeilikheid soek. "Wie dink jy is jy?" sou 'n korporaal dan bulder met 'n f-woord of twee tussen-in. "Audi Murphy?!" (Murphy was 'n Amerikaanse oorlogsheld uit die Tweede Wêreldoorlog wat later 'n fliekheld geword het.)

En so is die Koelkopkorps vort met die Swartbergpas – papnat, maar met All Sorts, Chesterfields en daai Bren. Nic Gelderman, Perd Groenwald, Vet Gert Burger, Koelte Cloete, Brandemmer Barnard, WP Nel, Tommie Eigelaar (oftewel Eigie Tommelaar, soos hy per ongeluk een aand laat tydens 'n kaserne-partytjie genoem is).

By die afdraaipad na Die Hel het ons uiteindelik die Swartbergpas verlaat. Ons het die ys op die afdraaibord met 'n klip los gekap. "Gamkaskloof 56", het dit gesê, as ek reg onthou.

Ons het skemer by ons slaapplek aangekom. Daar het 'n hoop blikkieskos sonder etikette gelê. "Vat een," het 'n korporaal geroep. "Aandete vir tien."

Ons het 'n groot blik gekies en dit vol verwagting oopgemaak. Marmelade. Ons het die konfyt lepel vir lepel tussen die tien van ons verdeel.

Daardie nag het aanhoudend gereën en die seiltjies wat ons bo-oor ons slaapplek gespan het, het boeppens gehang van die water. In die nag het iemand – ek weet tot vandag nie wie nie – die seiltjie se een kant opgelig en 'n paar honderd liter water op 'n groep slapende korporaals langsaan uitgestort.

Hulle gevloek het vir minstens tien minute aangegaan.

Die volgende oggend was die hele kompanie half verkluim. Iemand het sy sokkies uitgetrek en omtrent al die velle onder sy voete het saam afgekom. Ons moes terugdraai, het die bevelvoerders besluit, want die weer was aan't versleg. En so is ons weer terug Swartbergpas toe.

Van die terugtog onthou ek nie veel nie. Die Bren was vrek swaar, maar ons het die onderkant van die pas gehaal, met 'n halwe pakkie Chesterfield en 'n handvol All Sorts in reserwe.

VANDAG EET EK Liquerice All Sorts steeds met ontsag, maar sit nie sommer my mond aan marmelade nie. Ek rook lankal nie meer nie, maar as daar iewers 'n pakkie Chesterfield rondlê, ruik ek aan die tabak.

Onlangs was ek weer daar op die Swartbergpas se kruin. Op 'n mooi dag het jy 'n pragtige uitsig weerskante toe.

Maar ek het nie eintlik na die verte gekyk nie. Ek het so twee treë voor my in die grond vasgekyk . . .

Die "ander" Roete 62 . . .

Bun Booyens

GEEN PAD IN Suid-Afrika maak méér emosie in my wakker as Roete 62 nie. Nie naastenby nie.

Maar my verbintenis met dié kronkelende teerpad deur die Klein Karoo strek terug tot lank voor dit Roete 62 gedoop is, na die dae toe dit bloot die R62 was. Destyds – in die dienspligjare – het troepe wat by die Infanterieskool op Oudtshoorn gestasioneer was, 'n ander naam gehad vir die stuk pad: "Die pad Kaap toe."

Dit was 'n pad met 'n vreemde, gesplete karakter. Op Vrydagmiddae skuins voor vyfuur was die R62 vol belofte. Dit was die roete waarmee jy en vier, selfs vyf, ander troepe in 'n motor Kaap toe gejaag het vir 'n hoë-impak naweek; En dan, twee dae later op die Sondagaand, was die R62 skielik die somber roete waarmee jy terug basis toe gery het, daar waar die korporaals die volgende oggend om vyfuur jou *bungalow* se deur sou oopskop om die "civvie"-gewoontes, wat jy glo oor die naweek aangeleer het, uit jou te boender.

Roete 62. Een stuk teer. Jekyll én Hyde.

'N PASNAWEEK HET op Oudtshoorn nie sommer spontaan aangebreek nie. Dit het noodwendig met spanning gepaard gegaan. Sou die sammajoor jou vroeër laat gaan? Of sou hy vir oulaas die korporaals op jou loslaat vir 'n "bosbus" (jy en 'n stuk of 30 ander troepe word met volle gevegsmondering – "staaldak, *webbing* en geweer" – van bossie tot bossie oor die vlaktes gejaag).

Maar dan, wanneer jy uiteindelik daardie stempel in jou pasboekie gekry het, het die tog Kaap toe, ironies, soos 'n ingeoefende militêre dril op dreef gekom.

Vroeër die week het jy reeds vir jou 'n sitplek in 'n vinnige kar gereël. 'n Rit Kaap toe in 'n "gewone" kar soos 'n Mazda 323 het R10 gekos. Met 'n vinniger Datsun SSS was dit R12. En dan was daar die ekwivalent van die Concorde: Vir R14, selfs R15, kon jy saam met Quinton Lategan in sy Cortina Bix Six ry. Duur, ja, maar jy was gewaarborg om binne vier ure voet aan wal te sit by 'n Spur in die Kaap, maklik 'n driekwartier voor die ouens in die 323's.

Belangrik: Jy moes ook sorg dat al die mense in die kar uit *dieselfde* kaserne as jy kom. Want anders sit jy en vier ander ouens nou-nou met gestempelde pasboekies in 'n gelaaide kar en wag vir skutter Barnard – van 'n ander *bungalow* – wat doer oorkant in 'n bedremmelde peloton aangetree staan, met 'n beneukte korporaal wat hulle net nie wil laat loop nie.

Jy wag in die kar. "Julle druk my moermeter in die rooi, troepe!" hoor jy die korporaal vir Barnard-hulle skreeu. "Maar dis oukei. Ek het he-e-eldag tyd!" Jy wag. In 'n Cortina.

NET BUITE OUDTSHOORN is daar 'n betonteken langs die pad met 'n reliëfkaart van die Klein Karoo. "Kaapstad 429 km via R62" staan daar in swart letters, en daaronder: "Via Mosselbaai 479 km". Dít het altyd my aandag getrek, want watter volslae idioot sou 479 km Kaap toe wou ry as jy dit binne 429 km kon haal?

Net anderkant dié betonteken was 'n klein padbordjie met die woorde: "Measured kilometre begins". En dan 'n kilometer verder, natuurlik: "Measured kilometre ends".

Dit was of hierdie twee bordjies daar geplant was spesiaal vir troepe wat nou net met naweekpas losgelaat is. "Raait, nog net 428 km," sou iemand in die kar sê wanneer ons verby die tweede bordjie swiep. Jou rit op die R62 het amptelik begin.

Die meeste mense in die kar het feitlik onmiddellik aan die slaap geraak. Skaars 10 km buite Oudtshoorn kon jy maar in die truspieëltjie kyk en sien hoe lê die ouens met hulle kop op die ou langsaan se skouer. In die Huis-

155

rivierpas, met sy skerp draaie, sou iemand miskien vlugtig wakker word, sy oë knip-knip en weer omkantel.

Die meeste van ons het omtrent die hele eerste skof van Roete 62 geslaap. Jy het jou bewussyn eers op Barrydale herwin, sielkundig die halfpadmerk Kaap toe.

Dit was altyd 'n ongeduldige stop. Die kar het laatmiddag met 'n knars by die petrolpomp stilgehou en jy het met 'n dun kwylstrepie by jou mondhoek wakker geskrik. Almal het uitgeklim, bene gerek, 'n draai geloop en 'n *pie* en coke gekoop. Iemand het van die tiekieboks gebel om die mense in die Kaap te laat weet: "Ons kom. Ons is oor twee uur daar."

En dan, nog voor die *pie* en die Coke klaar was, sou iemand sê: "Jis, jis, laat ons ry."

EN SO HET jy in die skemer Montagu toe laat waai. Jy het nie die vrugteboorde langs die pad gesien nie. Die Langeberge het geen indruk op jou gemaak nie. Roete 62 se draaie en heuwels was nie mooi vir jou nie; dit het bloot die kar se spoed gebreek en naweekminute opgevreet.

Jy het net gery. Montagu. Kogmanskloof. Ashton (tydens my hele diensplig het ons net een keer op Ashton gestop; kan nie onthou hoekom nie).

By Robertson het jy stadig gery, want daar was *altyd* 'n spietkop wat met die geduld van 'n trapsuutjies sy gatsometer onder 'n bloekomboom beman het. Selfs saans.

Dan is jy teen volle vaart verder. Op die kruin van daardie bult by Mowers, met sy paar stasiehuisies, het jy skielik Worcester se oranje skynsel doer ver gesien. Man, dit was asof iemand 'n groot fakkelvuur op die vlakte aangesteek het om te wys waarheen jy moet mik as jy Du Toitskloof wil tref. Al wat jy moes doen, was om voet in die hoek te sit in die rigting van daai geel gloed.

Jy't begin huis ruik. Maar daar was nog een hindernis . . . Du Toitskloofpas, met sy min verbysteekplekke en sta-a-adige lorries (die Hugenotetonnel was nog nie gebou nie). As jy hier agter die verkeerde lorrie beland het, kon jy die hele voorsprong verloor wat jy in jou Cortina of Datsun SSS opgebou het.

En dan het jy uiteindelik die pas se kruin gehaal en daardie slap draai na links gevat, met Wellington en die Paarl se liggies onder jou en Kaapstad s'n doer ver. Dit was asof 'n gordyn skielik agter die kar gesak het en alles agter jou – Roete 62 en die hele bleddie militêre basis – uitgevee het. Jy was in die Kaap!

Nou was jy was nie meer 'n dienspligtige nie. Jy was 'n min of meer gewone agtienjarige ou wat vir die volgende 48 uur min of meer gewone agtienjarige dinge sou probeer doen. Ordentlike kos eet. Laat slaap. Spur toe gaan. Met niemand wat op jou skree nie.

Terwyl jy met die pas daal, sou iemand 'n kam uit sy binnesak haal en sy hare begin kam. Die naweek het begin.

DIE TERUGRIT MET Roete 62 was soos om huis toe te ry na 'n groot Curriebeker-nederlaag.

Ons moes Sondagaande twaalfuur die aand terug in die kamp wees, maar dit was 'n gewroeg om in die pad te val. Jy't gesukkel om die ander ouens in die hande te kry. Die meeste kere het ek sommer ge*hike*.

In die proses is ek 'n paar keer deur vreemde karakters opgelaai. 'n Hardhorende oom in 'n bakkie het oor my voet gery terwyl ek besig was om my tas van die bak af te haal. My voet was seer, maar ek was meer ontsteld oor my *step-out*-skoen se politoer wat afgetrap is. Ek sou die skoen van voor af moes *bone* vir die volgende inspeksie . . . Kiwi-politoer, bietjies-bietjies-spoeg, 'n lappie en 'n uur se gepoets voor by die skoen se punt.

'n Ander keer het 'n swaar gegrimeerde man met swart leerklere my opgelaai. En net daarná 'n begeesterde – nee, maniese – ou in 'n flenters Ford Granada wat my wóú wys die kar kon steeds 160 km/h haal.

Die Granada het erger padvibrasies gehad as 'n ou vliegtuig wat deur die klankgrens probeer bars, maar dié ou móés 160 km/h haal, asof dit sou vergoed vir al die terugslae in sy lewe. Hy het vooroor geleun, die stuurwiel vasgeklem en voet in die hoek gesit. "Hy *loop*, hè?!" het hy elke paar sekondes bo die padgeraas gegil terwyl die Granada geleidelik spoed opgetel het teen Roete 62 se afdraande.

Ek kan nie onthou of ons 160 km/h gehaal het nie.

DIE RIT TERUG is oorheers deur een stukkie pad. Daardie laaste pylreguit strook net voor Oudtshoorn.

Jy het die militêre basis begin aanvoel wanneer jy skuins ná elfuur die aand deur Calitzdorp gery het. 'n Ent verder het jy Oudtshoorn se dowwe gloed begin sien. Van daar af het almal stiller geraak.

En dan, op daardie reguit stuk pad sowat 10 km voor Oudtshoorn, het jy skielik 'n klein rooi liggie gesien, die een bo-op die betonreservoir op die koppie net voor die dorp.

Net anderkant daardie liggie het die basis gelê. En alles wat daarmee saamgaan.

VIR 'N HELE paar jaar ná diensplig het ek moeite gedoen om nié die R62 te ry nie. Aan die beginjare van die KKNK wou ek graag fees toe gaan, maar het net nie kans gesien vir Roete 62 en Oudtshoorn nie.

Ek was nogal uit die veld geslaan toe ek hoor die R62 is tot 'n toerismeroete verklaar. Wie op aarde sou dié stuk pad uit vrye wil wou ry?

'n Paar jaar later is ek met my motorfiets vroegoggend met Roete 62 deur die Klein Karoo. Tussen Barrydale en Ladismith het ek gestop. Ek het om my gekyk – die Langeberge dié kant, die Swartberge daai kant, die veld, die reuk, die stilte . . .

Ek het vir die eerste keer gesien hoe absoluut onuitspreeklik mooi dié ruwe wêreld is.

VREEMDE REISE

Oom Bartjie, sy bus en die ACVV-tantes

Dana Snyman

OOM BARTJIE was 'n wyse oompie. Dít besef ek elke keer as ek dink aan die dag toe hy ons met die bus Barkly-Wes toe geneem het om presente te gaan gee vir die kinders in die weeshuis.

Eintlik het ek net saamgery. Ma en die ander ACVV-tannies het die presente uitgedeel.

Die ACVV, ja – die Afrikaanse Christelike Vrouevereniging. Ma en tant Hester en tant Baby en tant Pop, tant Slabbie, tant Martie en tant Breggie, en nog ander tantes wie se name ek al vergeet het.

Trotse, ruimhartige tantes wat altyd met een of ander liefdadigheidsprojek besig was: 'n nuwe orrel vir die kerk, komberse vir Lime Acres se arm mense, presente vir die weeshuiskinders. En altyd moes oom Bartjie hulle karwei, want hy het die enigste bus op die dorp besit, 'n bleekgroen Thames wat hy by 'n Libanees op Douglas gekoop het.

In daardie einste ou Thames is ons Barkly toe. Ek was toe so ses jaar oud, dalk sewe.

My heel eerste busrit.

Ek wens ek het meer van daardie dag onthou. Ek en Ma was vroegoggend al by die kerksaal waar die tantes vooraf ontmoet het. Ma, onthou ek, het agt sjokoladekoeke gebak. Tant Hester het vir klapperys en springmielieballe gesorg, tant Pop het ou klere ingesamel, tant Baby het boekmerke gemaak met Bybelversies op, en tant Breggie het balonne gekoop en oortreksels vir die weeshuis se toilette gehekel.

Ons het al ongeduldig voor die kerksaal staan en wag toe die Thames in 'n stofwolk by die hek in wieg, met oom Bartjie, 'n kort mannetjie in 'n wit stofjas, agter die stuurwiel. Hy was soos gewoonlik vol grappies, want toe hy ons gewaar, druk hy die bus se toeter.

"Hiertjougat!" het tant Breggie, wat senuweeprobleme gehad het, geskrik.

Ek het tussen Ma en tant Pop gesit, ágter tant Slabbie en tant Breggie, wie se bollas woes saam met die Thames se bakwerk gevibreer het toe ons in die hoofstraat af ry met 'n blou dieselwolk agterna. Dit was 'n mooi, oop Noord-Kaapse oggend, en buite die dorp het die tantes begin Halleluja-liedere sing terwyl die Thames soos 'n vragskip in die diepsee oor die bultjies gedobber het, verby Koopmansfontein en Ulco, anderkant Delportshoop.

Ek onthou nie veel van die verrigtinge op Barkly nie. Die hoof van die weeshuis en tant Hester het mekaar eers oor en weer met genoeë bedank vir mekaar se volgehoue ywer – dit weet ek – en toe het die tantes hul troos op tafels uitgepak vir die kinders om te kom haal.

En nie lank daarna nie, het die tantes begin huil – veral oor die antwoorde wat hulle gekry het op die vrae wat hulle vir die kinders gevra het:

"Kom bietjie na tannie toe, Poplap. Kom vertel vir Tannie: waar's Pappa en Mamma?"

"My pappie het my met *siegrets* gebrand, Antie. Toe vat my mammie my en gaan laai my by die poskantoor op Prieska af, Antie."

"En toe, Poplap?"

"Toe sê sy ek moet net daar wag, sy kom nou-nou terug, Antie."

"En toe?"

"Toe wag ek, Antie. En ek wag, Antie. Maar toe kom sy nie terug nie, Antie."

Toe ons daardie middag op Barkly wegry terug huis toe – dit onthou ek baie duidelik – toe bars die weeskinders uitbundig ballonne en hardloop en speel en jil op die grasperk. En Ma en die tantes sit hartstogtelik in die bus en huil. Die oggend se vrolikheid en Hallelujas vergete.

Op Delportshoop het hulle steeds gehuil en trane afgevee, verby Ulco.

En toe, net voor Koopmansfontein, toe gee die Thames opeens 'n paar rukke en vrek sommer so in die ry.

Oom Bartjie het net so in die pad stilgehou, regop gekom agter die stuurwiel en die klap oor die staalboggel langs hom oopgevou waaronder die enjin was. Hy het hier gepeuter, daar gepeuter, sedig gefrons, weer gepeuter, sy kop geskud, weer regop gekom, en gesê: "Jammer, Susters. Dis die battery. Julle sal hom aan die brand moet stoot, anders slaap ons vanaand hier. As-je-blief."

Die tantes het nie getalm nie. Gestaal deur jare se onbevraagtekende diens aan hul medemens, het hulle een na die ander opgestaan en in die nou paadjie begin afsukkel, af by die trappies met hul rooigehuilde oë, hul sakdoekies steeds in die hand; ek agterna.

Toe het almal in 'n ry agter die bus stelling ingeneem, met oom Bartjie wat sy kop by die venster uitsteek: "Reg, Susters! Een, twee . . ."

Ek wens ek het 'n foto gehad van ons daar agter die bus. Dit moes 'n heroïese prentjie gewees het . . . tant Pop in haar kerkskoene met die knoppe waar haar *bunions* is; tant Baby met 'n geleerde kous; tant Breggie met 'n horlosietjie en 'n cameo-borsspeld wat op haar boesem wieg; die spoggerige tant Martie in 'n wolk *talcum powder* – almal krom agter oom Bartjie se Thames, hulle voete wyd geplant.

En toe oom Bartjie skreeu: "Drié!", het hulle vasberade vorentoe gebeur. Tant Baby se kous het verder geleer. Dit het gelyk of tant Pop se *bunions* gaan bars, en tant Breggie het gedreig: "Nee, herder, ek dink ek moet my voorskoot loop haal."

Natuurlik kon hulle nie die Thames roer nie, maar dit was ook nie nodig nie, want die volgende oomblik het oom Bartjie weer sy kop by die venster uitgedruk, hard gelag, en gesê: "Toemaar, Susters, dis net 'n grap. Die bus makeer niks. Ek het hom laat vrek. Kom klim in, kom klim in!"

Oom Bartjie was eintlik 'n wyse oompie, ja; want toe die tantes terugklim in die bus, was hulle sakdoekies in die moue teruggedruk en die trane weg. Ons dorp se ACVV-tak was weer gefokus op die goeie en die vrolike.

Die ou Thames het skaars weer begin beweeg, toe sit tant Hester 'n Halleluja in, met die ander ouder gewoonte in gelid agterna: "As Hy weer kom, as Hy weer kom, kom haal Hy sy pêrels . . ."

Sweef soos 'n ... arend?

Jaco Kirsten

*L*EONARDO DA VINCI het gesê nadat jy die wonder van vlieg ervaar het, sal jy vir die res van jou dae die aarde bewandel met jou oë na die lug gekeer – want dis waar jy eens was en dis waarheen jy sal smag om terug te keer.

Wel, Leonardo was duidelik nooit by Potch-dam nie.

Soos soveel van die beste ervarings in 'n mens se lewe, het die presiese aanloop tot my eerste solovlug – wel, as dit as 'n vlug getel het – effens vervaag in die newels van die tyd.

Tog staan 'n paar dinge uit. Die Dam. 'n Vriend se pa se motorboot. 'n Ou valskerm wat begin stof vergader het. 'n *Huisgenoot* met 'n Peter Stuyvesant-advertensie op die agterblad. En, laastens, die stomp skêr waarsonder dié avontuur nie moontlik sou wees nie.

Dan het Tassenberg ook 'n kameerolletjie gespeel.

Maar laat ek dit alles mooi in konteks plaas: Op universiteit is daar nie altyd veel om te doen nie, behalwe as jy nou anti-sosiaal wou wees en studeer. Koshuisrugby is buitendien net in die winter gespeel. En al was daar ander goed op Potchefstroom te doen, was dit soms te duur vir die gewone manstudent.

Só het ons een middag oor 'n bier ons misnoeë uitgespreek oor ons benarde geldelike situasie. "Het julle gehoor so-en-so van sus-en-so koshuis wat uitgaan met Dingetjie wat 'n klasmaat is van Goetertjie, vat vir Dingetjie gereeld uit fliek toe?" het iemand gesê-vra. En net om ons nóg meer moedeloos te maak: "Én blykbaar vat hy haar gereeld Spur toe ook."

'n Ruk lank was daar 'n verslae stilte. Totdat Newman Grobler doodernstig opgemerk het: "Ja, maar onthou, hy drink nie."

Dit was 'n spesiale oomblik. Skielik was ons bewus van 'n spesiale band met mekaar. Woorde was oorbodig. Iemand, ek dink dit was At, het eers ná 'n hele rukkie die gewyde stilte verbreek met: "Ag, Joe, as jy weer yskas toe gaan, kry vir my 'n Black Label, man."

Daardie vlietende oomblik van vertwyfeling was verby. Met ons lewenspeil het niks geskort nie.

DIE NUUS HET vinnig deur manskoshuis Hombré versprei: So-en-so, 'n vriend (enigiemand wie se pa 'n boot het, tel as 'n vriend), het toevallig hierdie naweek sy pa se boot gehad!

En wat meer is, dié boot het nie 'n *propeller* gehad nie, maar 'n *jet*.

Toe ons ons weer kom kry, was ons by Die Dam. Iewers het 'n paar ouens raakrugby gespeel. Elders het nóg 'n manstudent teenoor 'n Puk-meisie laat val dat 'n mielieplaas of drie eendag sýne gaan wees.

En ons het om die blou skottelskaarbraai rondgehang, die meeste van ons binne reikafstand van 'n kannetjie Tassies.

Tog was ons effens onvergenoegd. Jy kan tog ook net sóveel keer met 'n motorboot in 'n anti-kloksgewyse rigting om Potch-dam ry. Jy kan ook net soveel keer onsuksesvol probeer ski voordat jou trots jou van verdere pogings weerhou. Ná 'n ruk was die hengelaars se geskreeu en vingertekens ook nie meer snaaks nie.

Toe gebeur dit. Ek sien die Peter Stuyvesant-advertensie op die agterblad van die *Huisgenoot* . . . 'n man met 'n valskerm wat agter 'n motorboot aan gesleep word.

"*Boys*, is julle lus om te *parasail*?"

"Huh?" het Eben gevra.

"Ja man, *parasail*. Daai ding waar 'n motorboot jou met 'n valskerm agter hom aan trek."

"Maar waar gaan ons die valskerm kry?"

"Ek vra of jy lus is of nie."

"Oukei, natuurlik!"

"Nou kom ons gaan haal hom," het ek verklaar.

As voorsitter van die universiteit se valskermklub het ek 'n troefkaart of twee gehad. In my koshuiskamer het 'n ou ongebruikte harnas gelê. En in my kas was 'n noodvalskerm wat al verby sy leeftyd was.

Haastig het ons die harnas, valskerm en 'n stomperige oranje skêr in 'n wagtende motor geboender en terug Dam toe gery. Daar het die opwinding koorsagtige afmetings begin aanneem.

"Jaco gaan dié ding vlieg," het iemand opgemerk. Hmmm, die konsensus was dus dat ek die toetsvlieënier sou wees. Ek weet nie so mooi van vlieg nie, maar ek gaan darem probeer. Waar is daai Stuyvesant-advertensie nou weer? O ja, hier is hy. Nou toe, laat ek begin knip . . .

Ek het besluit om eers nie heeltemal so baie gate as in die Stuyvesant-valskerm te knip nie. Wanneer jy met lugvaarttegnologie te doen het, is jy immers konserwatief in jou berekeninge. Sowat twee minute later het ek gereken hy's oukei. Die valskerm het darem min of meer soos die een in die advertensie gelyk.

Ek het beduie die boot moet nader aan die kaai kom. Daar, in my stukkende duikpak met sy *patch 'n solution* op die knieë het ek begin voel soos Chuck Yeager, die man wat eerste deur die klankgrens is. Soos Neil Armstrong. Soos Kaptein Kirk van die ruimtetuig Enterprise. Ek was gereed om *boldly* te gaan waar niemand voorheen nog was nie – ten minste nie op Potch nie.

Helpende hande het, volgens my instruksies, die valskerm oopgesper dat hy kan wind vat. Ons moes teen die wind lanseer, dít het ek geweet. (En nou dat ek daaraan terugdink, dis omtrent al wat ek geweet het.)

Die ski-tou se handvatsel is deur die valskermharnas se borsband gevleg. Die harnas is toegeknip. Effens gehurk het ek gereed gestaan. Toe lig ek die duim en skree so hard as wat ek kan: "Go! Go! Go!"

En toe breek daai oomblik aan waarvan Leonardo só intens en met soveel versugting gedroom het. Ek het opgestyg! Altans, vir omtrent 'n meter. Toe begin ek val soos Ikarus.

Die laaste ding wat ek gehoor het voordat ek eerste menslike hoëspoedboei van die Potchefstroomse Universiteit geword het, was die "Bwhaaaaaa!" van die boot se enjin.

Toe die water oor my kop spoel, het die klank verander na 'n blote "shwoesssh!" Ek was in 'n reusagtige wasmasjien vol damwater, aangedryf deur 'n *jet*-enjin.

Die begeesterde bootsman het egter aanhou vetgee, oorweldig deur die oomblik. As hy net genoeg spoed kon kry, sóú hy my uit die water kon trek en in die lug kry.

Ek het onder die water agteroog gebuig soos 'n piesang, misvorm deur die ski-tou voor my bors. Ná wat soos 'n ewigheid gevoel het, het die skipper tot sy sinne gekom en die versneller toegemaak.

Gewillige hande het my uit die water gehelp. Ek kon min of meer my *pose* hou. "Hy kort nog gate," het ek gesaghebbend gesê.

Weer eens is die *Huisgenoot* nader getrek. Ons het die Stuyvesant-advertensie bestudeer asof dit 'n internasionale tegniese handleiding vir skermsweef is. En die skêr is ingespan om 'n paar fyner aërodinamiese verstellings te maak.

Intussen het 'n klein skare daar begin saamdrom. Hier was iets aan't gebeur.

Ek was gou weer gereed en het op die kaai aangetree. Alles is weer opgehaak. Ek kon sweer ek hoor hoe David Bowie sing: "Ground control to Major Tom . . . "

Toe haal ek diep asem en lig weer my duim. Feitlik onmiddellik het die motorboot se enjin gebrul. "Bwaaaaaa!" Dié slag is ek twee meter deur die lug gepluk voordat ek die water getref het.

MENSE PRAAT MAKLIK oor die wonder van vlieg. Maar laat ék julle vertel wat is 'n wonder: Dat ek nie toe versuip het nie, dís 'n wonder.

Dié slag het ek gevoel soos iets uit *Redding internasionaal*. 'n Kragtige onderwatermissiel.

Die weerstand van die watermassa het my wéér agteroor laat piesang. Die water het in my neusgate opgespoel. Ek het gevoel hoe word my sinusholtes gereinig. My asem het kort begin raak.

Ek was in die moeilikheid, maar die bootsman, nou selfs meer vasberade as met die eerste probeerslag, het aanhou vetgee.

Die fliek *Alien* se advertensie het gelui: "In space, no-one can hear you scream." Wel, onder water ook nie.

Toe hulle my omtrent 'n halwe rugbyveld verder die tweede keer uit die Potch-dam vis, kon ek aan niks anders dink nie as om met papperige lippe te sê: "*Boys*, hy't te veel gate in."

Ja, ek het gevlieg, vir omtrent twee meter. Maar hoeveel ander mense kan dieselfde sê? Howard Huges se legendariese Spruce Goose het in elk geval nie veel hoër gehaal nie. En ons kontrepsie was baie goedkoper.

Ons het daai middag ook 'n paar ander dinge bewys. Soos: Hoewel ons dalk nie kon bekostig om ons meisies fliek of Spur toe te vat nie, het dit nie beteken ons hoef 'n vaal en minderwaardige lewe te lei nie.

En dalk nog belangriker: Rook is bleddie gevaarlik – 'n blote Peter Stuyvesant-advertensie kan jou jou lewe kos.

Die beste padfliek nog?

Bun Booyens

ONLANGS VRA IEMAND my watter padfliek het die grootste indruk op my gemaak. Vir 'n paar oomblikke is ek gestonk.
Ek dink. Niks.
"Komaan, jy werk immers vir 'n reistydskrif," kom die vraag weer.
Amper sê ek *Thelma and Louise*, maar bedink my betyds. "Uh . . . *The Great Escape*," sê ek uiteindelik.
"Maar dis 'n oorlogfliek, nie 'n padfliek nie."
"Ja, maar daai toneel waar Steve McQueen met die motorfiets wegjaag vir die Nazi's, dit tel as reis . . . "
Ek moet bieg, my redenasie was nie juis oortuigend nie. En selfs terwyl ek hier sit en tik, kan ek steeds nie 'n enkele behoorlike padfliek onthou wat ek as kind gesien het nie. Goed, dis nou nie juis 'n onthulling wat die Menseregtekommissie se aandag sal trek nie. Ek sit net gewoonlik met 'n mond vol tande wanneer mense praat van daardie één fliek wat hulle destyds as kind besiel het om eendag die pad te vat en sommer net te ry – 'n fliek soos, sê maar, *Easy Rider*, waar Dennis Hopper en Peter Fonda met *chopper*-motorfietse gaan soek na die "regte" Amerika.
Easy Rider het ek nooit gesien nie (meer oor die redes later). Die naaste wat ek en my maats op laerskool aan 'n padfliek gekom het, was waarskynlik daardie stukkie in die cowboyflieks waar die poskoets vir die rowers of Indiane wegjaag. (Terloops, wanneer laas het jy 'n Indiaan in 'n fliek gesien? Destyds het daar minstens 200 Indiane per fliek gesneuwel, met John Wayne wat persoonlik verantwoordelik was vir minstens 195 van dié ongevalle.)

Terug na *The Great Escape*. Dié fliek, oor 'n klomp Amerikaanse soldate wat in die Tweede Wêreldoorlog uit 'n Duitse krygsgevangenekamp ontsnap, is in 1963 uitgereik, en vandat ek my verstand het, het dit elke jaar by een van die twee flieks op ons dorp – die Plaza en Rec – kom wys. Dit was deel van die dorp se seisoensritme. Een goeie oggend terwyl jy met jou fiets skool toe trap, het jy skielik daardie bekende plakkaat op die houtkennisgewingbord op die hoek van Van Riebeeckstraat en Cluverweg gesien: Steve McQueen op 'n motorfiets, agtervolg deur 'n paar begeesterde Nazi's.

The Great Escape was terug op die dorp! (En as jy steeds twyfel of dit as 'n padfliek kwalifiseer, gaan kyk maar na daai plakkaat.)

Maar onderaan die plakkaat was die gedeelte wat eintlik vir ons saak gemaak het: "Geen persone 4-12".

EK WONDER OF die Publikasieraad destyds besef het watter verreikende – en soms traumatiese – implikasies hierdie ouderdomsbeperking vir die land se laerskoolbevolking gehad het.

Kyk, dis 'n normale verskynsel in enige skool dat die kinders groepe vorm. Dié wat rugby speel en dié wat musieklesse neem; dié met resiesfietse en dié met dikwiele (nee, 'n dikwiel met 'n *threespeed* en *drop handles* het nie die paal gehaal nie).

En ja, met 'n bietjie moeite kon jy enige van hierdie etikette afskud. Saam met my in die rugbyspan was 'n paar blokfluitspelers, en van die voorspelers het in die koor gesing.

Maar op een terrein was daar op laerskool geen grysgebied nie: Óf jy het *The Great Escape* gesien óf nie. Dít was die Rubicon wat jy moes oorsteek as jy pouses wou saamgesels oor presies hoe Charles Bronson – Danny "the tunnel king" – die tonnel onderdeur die kamp se heining grawe. Of oor die fliek se klimaktiese toneel, waar Steve McQueen – Hilts "the cooler king" – met sy motorfiets oor 'n hoë doringdraadheining probeer spring om weg te kom van die Nazi's.

TWEE DINGE HET tussen jou en *The Great Escape* gestaan: Daardie 4-12-ouderdomsbeperking en Kees, 'n ou wat 'n paar jaar vantevore in ons skool was en nou die deurwag by die Plaza was.

Vir iemand in standerd 2 of 3, was 'n 4-12-fliek 'n formidabele toets, want wragtag, as jy nie op elfjarige ouderdom by 'n 4-12 kon inglip nie, was jou kanse bitter skraal op lidmaatskap van enige skaflike laerskoolbende.

En daar aan die bopunt van die trap na die Plaza se galery het Kees teen die kosyn geleun met 'n sigaret tussen sy duim en wysvinger: die bepaler van jou lot. As jy nie 12 gelyk het nie, het Kees jou met 'n nonchalante flik van die duim die deur gewys.

Jy moes besluit, gaan jy verby Kees probeer kom, of gaan jy jou trots sluk, *The Great Escape* vir nog 'n jaar uitstel, en eerder 'n mindere fliek gaan kyk soos *Herbie Rides Again* of selfs *The Sound of Music*.

In standerd 2 het 'n klompie van ons tydens pouse besluit vandag is die dag dat ons *The Great Escape* gaan kyk. "Kees se moer," het iemand tydens pouse gesê, eintlik maar om ons moed in te praat.

Daar was verskeie tegnieke om verby Kees te kom en ons het almal gelyktydig ingespan (ironies, amper soos die ouens in *The Great Escape*; ons probleem was net om *in* te kom). Jy het 'n groterige baadjie aangetrek en jou kraag opgeslaan. Dan het jy jouself as deel van 'n groterige groep probeer insmokkel. Jy gee 'n stuk of sewe kaartjies vir die ou wat die oudste lyk, laat hom voor stap, en terwyl Kees die kaartjies skeur, koes-koes jy onderlangs verby.

En dit het gewerk! Ons was almal in!

Een oomblik het ons nog effens senuagtig op 'n ry gesit, en skielik het die ligte afgegaan. Nou was ons anoniem en veilig in die donker. Die projektor het begin krrr.

Ek het opgekyk. Bo my het 'n dun blouerige ligstraal deur die sigaretrook geskyn. Dit was vir my ongelooflik dat al daardie tonele wat oor die jare heen verbode was – en Steve McQueen se sprong – in daardie enkele straaltjie vasgevang is.

DIT WAS ASOF ons daardie middag simbolies Kees se houvas oor die Plaza se galery gebreek het. Van daardie dag af het ons die ander 4-12-flieks met toenemende selfvertroue gaan kyk . . . *The Dirty Dozen, The Magnificent Seven, Kelly's Heroes, Where Eagles Dare* – almal op 'n manier padflieks. Dié ouens was almal op pad iewers heen, al was dit nou om 'n kasteel vol Nazioffisiere te gaan opblaas. Nie heeltemal Club Med nie, maar tegnies tel dit as reis.

Bo van die galery af het ons Clint Eastwood se cowboyflieks gekyk. *For a Few Dollars More* en *The Good, the Bad and the Ugly*. Nie padflieks nie. Ou Clint het min of meer op een plek gebly – gewoonlik 'n godsverlate dorpie met baie tolbosse – en dan van daar 360° om hom geskiet.

En dan was daar natuurlik *Butch Cassidy and the Sundance Kid*, waar Paul Newman en Robert Redford tot in Suid-Amerika gejaag word. Beslis 'n padfliek. Onthou julle daardie slottoneel waar Butch en Sundance al skietende teen 'n oormag Boliviaanse polisiemanne uit hulle wegkruipplek storm? Vergelyk dit nou met *Thelma and Louise* se slottoneel, waar dié twee – oënskynlik triomfantlik – met hulle motor oor 'n afgrond ry.

Ja-nee, Thelma-hulle is van Venus en Butch-hulle van Mars.

En dan was daar *They Call Me Trinity*, met Terence Hill wat op 'n houtslee agter sy perd lê en slaap. Ongetwyfeld 'n padfliek, met baie baklei.

Vir my was die beste reisfliek van die 4-12-genre waarskynlik *Villa Rides*. Ek onthou net Charles Bronson en 'n paar ander manne het iewers deur Mexiko gery op 'n trein met sulke oop trokke wat met sandsakke toegepak is. Elke nou en dan het Charles besluit hy het nou genoeg nonsens gehad en met 'n masjiengeweer 'n paar dosyn moeilikheidmakers afgemaai.

Wat *Villa Rides* so 'n puik padfliek gemaak het, was sy pragtige temaliedjie, geskryf deur Maurice Jarre, die ou wat ook *Doctor Zhivago* se musiek geskryf het.

Ek neurie vandag nog "Villa Rides" in my valhelm as ek lekker ry met my motorfiets.

OP HOËRSKOOL WAS daar natuurlik 'n nuwe uitdaging: om 'n 4-16-fliek te siene te kry. Teen hierdie tyd was Kees weg en moes ons 'n nuwe deurwag, Tyres, fnuik – 'n ou wat die skoolbanke vroeg verlaat het vir 'n loopbaan by die Plaza.

Nou het ons nie meer *matinees* gekyk nie, maar saans gaan fliek. Die inkomtegniek was min of meer dieselfde: koop 'n klomp kaartjies en stoot iemand wat oud lyk voor, iemand soos Emile Muller wat reeds in standerd 5 begin skeer het.

Teen hierdie tyd was Clint Eastwood nie meer 'n cowboy nie, maar Dirty Harry, en die padflieks se helde was anders. Dit was ouens soos Burt Reynolds wat in *Smokey and the Bandit* en *Cannonball Run* in sy swart Trans-Am rondjaag en 'n onbeholpe polisieman en sy onnosele seun ore aansit.

Daar was nie meer Duitsers om teen te veg nie. Burt was oënskynlik hardegat net omdat hy nie iets beters gehad het om te doen nie. Hy was sommer net lus vir skop, skiet en *double clutch*.

Die een werklike padfliek wat daar wel was, *Easy Rider*, het 'n ouderdomsbeperking van 18 jaar gehad, maar dit was onmoontlik om verby Tyres te kom.

SEDERTDIEN HET EK 'n klomp goeie padflieks gesien. In die 1980's was daar *Fandango* en in die 1990's die pragtige *Stand by Me*. Verlede maand het ek *The Motorcycle Diaries* tuis gekyk. Stemmig en mooi. (Ek het nog steeds nie *Easy Rider* gesien nie, dalk as 'n gebaar van respek teenoor Kees en Tyres.)

Maar wanneer ek aan padflieks dink, sien ek heel eerste vir Steve McQueen wat op sy motorfiets deur daardie lowergroen heuwels vir die Nazi's wegjaag en probeer om oor die doringdraadheining te *ramp*.

Steve het nie die ander kant gehaal nie. Die Nazi's het hom bloeiend tussen die drade kom optel en teruggevat kamp toe. Maar dit maak nie saak nie. Dit maak ook nie saak dat omtrent almal wat ontsnap het, weer gevang is nie. (As ek reg onthou, het omtrent net James Coburn op die ou end weggekom.)

As jy my vra, is *The Great Escape* loshande die beste padfliek nog.

Short back 'n sides –
die barbiere van my lewe

Dana Snyman

*N*OU DIE OGGEND toe ek by ou Mister Correia instap, toe is hy besig om te pak.

Hy het my nie gesien nie – nie dadelik nie. Hy het by die kas voor die spieël gestaan, besig om 'n paar los goedjies in 'n skoendoos te sit: Vyf of ses skêre, 'n paar kamme, 'n rol watte, 'n bottel Vitalis.

Ek het gewonder of ek nader moet gaan en hom moet groet en sterkte toewens. Hy was immers vir meer as vyftien jaar my haarkapper.

Ek het geweet die dag sou kom dat Mister Correia moet sluit, want ek kon lankal sien daar was nie meer baie koppe vir hom om te skeer nie. In die laaste jaar het hy dikwels ledig buite in die son gestaan wanneer ek by sy plek in die middestad gekom het. Soms het hy binne gesit en koerant lees, of was hy besig om Lotto-kaartjies in te vul. Of hy het gesit en dut, met sy kop verlep op sy bors en sy swartraambril langs hom op 'n ander stoel.

Haarkappers soos Mister Correia s'n word al skaarser.

Ek praat van barbiere met 'n rooi-en-wit paal voor die salon. Wie ken nie so 'n plek nie? 'n Manshaarkapper met 'n ry oneenderse stoele binne, waar jy sit en jou beurt afwag. Met 'n tafeltjie vol voos tydskrifte voor jou: *Huisgenote* en *Panorama's*, *Vlieënde Springbokke* – en dalk selfs 'n *Scope* of twee, waarskynlik sonder die buiteblad en *centre fold*.

In die lug hang die reuk van allerhande dinge: Johnson & Johnson-babapoeier en Vitalis en Brylcream en Sunlight-seep. Iewers speel 'n radio'tjie en langs die spieël hang 'n foto van Bloubergstrand wat uit 'n ou almanak kom. Teen die muur leun 'n besem.

HOE OUD IS 'n man wanneer hy die eerste keer na 'n haarkapper gaan?

Ek was so vier, dalk vyf.

En dit was nie sommer net vir gaan nie: Op 'n dag kon my ma nie meer my hare met 'n skêr alleen tem nie, toe sê my pa: "Seun, kom ek en jy gaan na oom Robin toe."

Dit was 'n reis in die kleine – 'n reis wat die meeste mans vir die grootste gedeelte van hul lewe minstens een keer per maand aflê.

Oom Robin was die haarkapper op Grootfontein, die dorp waar ons toe gewoon het. Hy het 'n wit jassie gedra en in sy bosak was 'n skêr; en voor die spieël in sy plek in 'n stegie naby Standard-bank het 'n tamaai hoë stoel gestaan wat gelyk het soos 'n tandarts s'n.

Ek kon nie self op die stoel klim nie. Oom Robin het 'n plank oor die armleunings gesit, toe tel my pa my op en sit my daarop neer. Oom Robin het 'n doek styf om my nek gebind en na die kas voor die spieël gestap waarop nog skêre gelê het, en knippers, en 'n messie met 'n dun, blink lem.

Ek het begin huil.

Maar oom Robin het troos gereed gehad: Stokkielekkers. Sulke rooies wat in 'n string aan 'n hakie teen die kas gehang het.

Pa het vir oom Robin gesê hoe moet hy my hare sny: "Short back and sides." En, wel, van toe af was dít my haarstyl, want wat jy ook al vir oom Robin – en die haarkappers op die ander dorpe waar ek gewoon het – gevra het, dís wat jy gekry het.

Ek is seker maar sentimenteel, maar nou die oggend daar in Mister Correia se plek, het ek weer aan die ooms gedink wat my hare deur die jare gesny het: Oom Robin, oom Koos, oom Johnny.

Ooms wat 'n leeftyd op hul voete gestaan het en met hulle opbrengs kinders universiteit toe gestuur het, betaal het vir hul vroue se *goitre*-operasies en een keer per jaar op Badplaas gaan vakansie hou het. Trotse ooms met sterk menings oor rugby en landsake.

Party (oom Chomp) het ook horlosies herstel, of skêre geslyp (oom Koos), of met advokadopere gesmous (oom Johnny).

MY VERHOUDING MET hierdie ooms het gewissel tussen respek en 'n ligte vorm van haat. As jy so veertien, vyftien jaar oud is, het *short back and sides* op 'n dag skielik nie meer vir jou gewerk nie. Dan wou jy soos die Britse popsanger David Bowie lyk, met so 'n opstaan-middelpaadjie bo en die hare lekker ver agter in jou nek af.

Maar oom Koos, die haarkapper op Naboomspruit waar ons toe gewoon het, het geen benul gehad wie David Bowie is nie.

Oom Koos het na kassette van die countrysanger Tommy Dell in sy haarsnyplek langs Waldorf se kafee geluister – en Tommy Dell het 'n *mullet* gehad: Korterig bo, maar met 'n vag hare hier agter in sy nek af, tot in die waai van sy skouers. (Boksers en party ouens wat hou van Kawasaki-motorfietse het destyds nogal 'n sagte plek vir die *mullet*-styl gehad.)

Maar by oom Koos was 'n *mullet* ons net so min as 'n Bowie-snit beskore. Hoeveel keer het ek nie by oom Koos geskimp dat hy tog net genoeg hare bo-op my kop moet los, sodat ek die naweek my hare Bowie-*style* kon kam nie?

Dan klim jy op daardie hoë stoel, vol verwagting. En dan sit jy in die spieël en kyk hoe oom Koos jou hare in die Christelik-Nasionale styl – *short back and sides* – knip, terwyl hy vrolik saam met Tommy Dell se weergawe van "Country Roads" fluit.

En dan, nadat oom Koos klaargespeel het met jou Bowie-drome, het hy die ouwêreldse ordentlikheid gehad om 'n spieël agter jou kop te hou, sodat jy kon sien hoe lyk jou *short back and sides*.

IEMAND MOET NOG navorsing doen oor die rol wat haarkappers gespeel het in die handhawing van die ou orde in Suid-Afrika. Party haarkappers – of so het die gerug destyds op skool geloop – is regstreeks deur skoolhoofde aangesê hoe om ons hare te sny.

Wel, oom Johnny op Nylstroom, die dorp waar ek op hoërskool was, het óf swakkerige instruksies van die skoolhoof gekry óf hy het sy eie skeppende interpretasie van *short back and sides* gehad.

Oom Johnny was lief vir gesels, veral oor sy Ford Fairmont GT en hoe hy naweke in rekordtye met hom Pretoria toe jaag om te gaan rugby kyk op Loftus of om in die Palms Hotel te gaan dans.

Elke haarkapper het mos sy eie gewoontetjies: Party sal altyd eers jou regterkant sny, ander begin weer agter by die nek.

Oom Johnny het altyd so in die lug geknip-knip-knip met die skêr voor hy begin het, amper asof hy by 'n verkeerslig staan in daardie Fairmont en die enjin *rev*, gereed om iemand te *dice*.

Dan het hy gevra: "*Right*, hoe wil jy hom hê, boetman?" Jy het jou arm skugter onder die doek om jou skouers uitgehaal en 'n Bowie-styl probeer beduie: "Oom hoef nie eintlik bo te sny nie. Oom kan eintlik maar net bietjie hier om die ore *trim*."

Oom Johnny het so drie of vier knippe met sy skêr in die lug gegee – amper soos waarskuwingskote – weggespring, en in 'n halfmaan met daardie skêr (en later 'n knipper) om jou kop beweeg, terwyl jy in die spieël sit en kyk hoe jy verander van 'n potensiële David Bowie na 'n jong Kaptein Caprivi.

Teen die tyd dat oom Johnny jou nek met poeier afgekwas het, het dit kompleet gelyk asof iemand 'n piepiepot op jou kop neergesit en al die hare wat uitsteek, teerpadstomp afgeskeer het.

Die p**potstyl – dís wat ons oom Johnny se styl genoem het.

IEWERS IN JOU lewe kom jy agter daar is belangriker dinge as jou haarstyl. Dan wil jy net op 'n Saterdagoggend in jou motor klim en na 'n barbier soos Mister Correia ry om sommer net jou hare te laat knip, sonder enige frilletjies en fieterjasies.

Maar haarkappers soos dié is aan't verdwyn. Let maar op. Al meer mans, veral die jonges, gaan deesdae na salonne en boetieks: *Unisex*-plekke met foto's van David Beckham en Tom Cruise teen die mure, waar jy vir jou 'n haarstyl by 'n meisie met swart toonnaels of 'n outjie met die naam van Wayne uit 'n katalogus kan bestel, asof dit 'n nuwe persoonlikheid is.

En, ja, as ek nou jonk was, sou ek miskien self na sulke plekke gegaan het. Elke tydvak het sy eie behoeftes.

Mister Correia het nou die oggend nogal gespook om die plaatjie langs die spieël met sy naam op van die muur los te kry. Hy moes hom later met 'n skêr losbreek.

Op die vloer het die kasregister, een van hierdie ou handmodelle met die blikarm aan die kant, al in 'n kartondoos gestaan. Op die kas was 'n *canned fruit*-bottel met die bolletjies watte in. Langs dit 'n Swipe-spuitbottel. Die Blouberg-prent was nog teen die muur.

Mister Correia het my later agter hom gewaar. Hy het na die kas voor die spieël gestap en sy hande afgevee aan die wit handdoekie aan 'n hakie, stadig en sorgsaam, soos hy al die jare ook my hare geknip het. Toe het hy voor my kom staan.

"I'm going," het hy gesê en sy hand na my uitgesteek.

En toe besef ek: Vir die eerste keer in meer as vyftien jaar kyk ek en Mister Correia nie na mekaar in die spieël nie. Ons kyk mekaar reguit in die oë.

"Go well, sir." Ek het Mister Correia se hand geneem en dit geskud. "Thanks for everything."

Nou is ek op soek na 'n ander haarkapper: Ek is al bles, maar die hare wat ek oor het, laat sny ek steeds *short back and sides*.

Breek tog net rég weg!

Jaco Kirsten

DIE BEGRIP WEGBREEK bied groot moontlikhede. Waar my wegbreek dalk 'n Kaapse berghut tydens 'n sneeuval is, is joune dalk 'n kampvuur iewers in die Bosveld. Ander verkies weer 'n karaoke-kroeg in die Oos-Rand in 'n buurt waar dit so rof is dat die kanaries bas sing.

Maar ons almal s'n het een ding gemeen: 'n Wegbreek is 'n berekende wegvlug van roetine. Van die bure se keffende hond. Van die vent wat elke dag by dieselfde verkeerslig 'n selfoonlaaier aan jou wil verkwansel. Van sekere kollegas se irriterende maniertjies. Daai kuggie wat hulle kug as hulle gang-af loop. Die ritmiese getrommel van vingernaels op die lessenaar as hulle wag vir 'n oproep om deurgeskakel te word. En so aan.

Dis daarom dat die meeste mense 'n bietjie beplanning doen voordat hulle wegbreek, want die laaste ding wat jy wil oorkom, is om uit te vind die einste kuggende kollega se kampplek is reg langs joune.

Jare gelede het ek 'n ruk lank in Engeland gewoon. Dit was 'n wegbreek van ongeveer 'n jaar waarin ek my studieskuld 'n knou kon gee, Europa deurkruis en meer te wete kom oor die gewoontes van die eilandbewoners wat ons voorouers in konsentrasiekampe aangehou het.

Die ding van sulke wegbreke is dat, hoewel jy lief is vir jou eie mense, jy eintlik daar is om meer te leer van die gasheerkultuur. En dit kan jy net doen as jy jouself as't ware daarin onderdompel. En dít het niks te doen met falliese kerktorings en grootdoop nie – eerder dat jy beslis nie waarde vir jou reisgeld gaan kry as jy elke aand saam met verlangende Suid-Afrikaners Castle gaan drink en kerm oor Springbokrugby nie.

En toe gebeur dit. Ek gaan doen 'n kursus iewers in Wes-Sussex, nie ver van Londen nie. En daar, in die pragtigste lowergroen landskap, loop ek my vas in 'n Suid-Afrikaner wat ook die kursus bywoon. Teen my sin was ek skielik sy nuwe beste vriend. Nooit is ek met rus gelaat nie.

Die eerste dag kon ek dit nog hanteer. Maar teen die derde dag was ek keelvol vir stories oor "in Suid-Afrika doen ons dit sus" en "in Suid-Afrika doen ons dit so". Die vent was 'n idioot!

Dink net: Ek het duur betaal vir my vliegtuigkaartjie. Uit my werk bedank. Ek het die vreemde gaan aandurf, tienduisende kilometer van die huis. En dan tref jy so iemand. Iemand van wie daar juis 'n ooraanbod tuis is. Die ironie. Die verskrikking. Die wegbreek wat nie 'n wegbreek was nie.

En toe voel ek soos daardie sokkie waarvan Jerry Seinfeld gepraat het. Die sokkie wat wil wegbreek. Want sien, elke sokkie – selfs die vaalste, grysste ene, bereik nou en dan versadigingspunt. Jy't net soveel pare skoene. Die geselskap in die wasgoedmandjie is ook maar beperk. Dan, een goeie dag, besluit 'n spesifieke sokkie: "Te hel hiermee, ek gaan wegbreek."

Die tegniek is natuurlik baie belangrik. Die sokkie wag gewoonlik tot wastyd. Ná die spinsiklus klou hy verbete aan die bokant van die drom vas. Hy trek sy pens in en doen 'n skietgebedjie dat daai hand wat die res van die klere uithaal, hom nie gaan nader hark nie.

En dan wag hy dat dit stil raak. Tot jou voetstappe verdof. En dan vat hy sy kans. Soos 'n vetgesmeerde blits skiet hy by die wasmasjien uit en hol. Na 'n nuwe lewe. Vreemde, eksotiese plekke. Verre horisonne.

Hoe anders verklaar jy die feit dat sokkies altyd een-een wegraak?

Maar dis nie net sokkies en mense wat wil wegbreek nie, soos ek onlangs tydens 'n verblyf by 'n hiper-eksklusiewe hotel en spa in die Kaapse wynlande besef het.

Die oggend van my vertrek het ek vars en uitgerus opgestaan om te gaan ontbyt eet. Halfpad na die restaurant voel ek iets vreemds in my regterskoen, teen my tone. Amper soos wanneer jou sokkie se punt 'n vou in het. Amper. Maar asof daar 'n *effense* gevoel van lewe te bespeur was.

Ek het stilgestaan. Tone gewikkel. Niks.

Miskien was dit my verbeelding. Ná ontbyt, op pad terug na my kamer waar ek my bagasie moes gaan haal, het ek wéér dié eienaardige sensasie by my tone ervaar. Gmf, het ek gewonder. Wat sou dit wees? En toe's dit weg.

Toe gaan sit ek by 'n lessenaar in die voorportaal om uit te teken. Verstaan my mooi, dis die soort plek waar selfs Cleopatra effens geïntimideer sou kon voel, so fênsie is dit daar. En toe voel ek *weer* daai sokkiepunt wat pla. Die sokkie het ál lewendiger begin voel.

Daar was geen ander keuse meer nie. Die skoen moes uit, deftige hotel ofte nie. Die skoen was nog so half aan my voet, toe 'n lekker vet kriek bo-oor my hand uit die skoen spore maak. Gillend het ek die skoen laat val. Almal binne 'n radius van honderd meter het my aangegaap.

En daar gaat die kriek, so asof hy 'n laaste, verbete poging aangewend het om weg te breek uit die kliniese hotel en spa en koers te kies berge en wingerde toe. Maar ek moes my manlike eer – wat 'n knou gekry het met my histeriese gil – herstel. En toe praat daai skoen. Whap! Dit was die einde van die kriek se wegbreekpoging. En sy aardse lewe.

Daar is twee lesse wat ons uit die arme kriek se mislukte wegbreekpoging kan leer. Eerstens, die gras lyk altyd groener aan die ander kant. Wanneer jy dus die volgende keer verby 'n baie duur en eksklusiewe spa en hotel ry, onthou dat selfs dié wat daar tuisgaan, soms keelvol raak vir al die weelde.

En tweedens, as jy dan besluit om weg te breek, kies jou reisgenoot *baie* versigtig.

Die verskil tussen 'n flits en 'n "toorts"?

Jaco Kirsten

*E*K BESIT sés flitse. Nee wag, sewe.
Die een is 'n goedkoop gele wat met twee D-sel-batterye werk. Ek het hom jare gelede gekoop by Pick 'n Pay, 'n Energizer.

Nommer twee is ook geel en hy vat vier D-sel-batterye. Maar sy keël – of *cone* – is te dof.

Derdens is daar daar my Mini Maglite en vierdens my oulike Petzl Tikka Plus-koplampie, wat glo 140 uur se lig kan verskaf. Die brosjure sê wanneer jy in 'n sneeustorting begrawe word, moet jy dié flits met sy nuttige flikkerfunksie verkieslik weghou van jou *avalanche beacon*, want hy kan dalk met die frekwensie daarvan inmeng. Dis goed om te weet.

Dan het my selfoon ook 'n flits, wat nogal handig te pas kom as ek die aand laat by die huis insluip. (Dié foon het ook 'n kompas, sou dinge regtig begin lol met die huistoekommery. En jy kan hom aan jou hartmonitor koppel vir die hardloopslag.)

Sesdens het ek ook 'n groot Maglite. Hy's waarskynlik deesdae meer vir slaan as vir lig, want kyk net na my jongste kopie: 'n Streamlight TL-2, die flitsbedryf se antwoord op die Jedi-ligswaard uit *Star Wars*.

Dié flits is veral gewild onder Amerikaanse polisiemanne. Teen 'n beskeie 12,2 cm is hy die spreekwoordelike wolwegif in 'n klein botteltjie. Die lig van sy xenon-gloeilamp skyn blouwit. Ek dink dís hoe die straal lyk wat onder 'n vreemde vlieënde voorwerp skyn voordat dié besoekers jou uit jou Ford-bakkie wegraap vir eksperimente aan boord van hulle piering.

Hierdie flits, sê die brosjure, is nie gemaak nie: hy's gemasjinéér. Uit vliegtuigaluminium wat geanodiseer is in *olive drab*-groen. En sy twee CR123-batterytjies kos R45 elk – vir 60 minute se verblindende lig.

Hierdie flits het 'n drukknoppie agterlangs sodat jy hom kan aanskakel met jou linkerhand se duim terwyl jy met die ander hand jou pistool vashou. Druk; belig die boef; skiet; doof uit . . . alles binne skaars twee tellings!

Dié flits is só formidabel dat hy waarskynlik afgetrede TV-polisiemanne soos T.J. Hooker uit aftrede sal lok. Ek kan dit al hoor: "Dek my, Romano! Dek my! Nee, wag . . . laat ek hom verblind, dan *tackle* jý hom. Jy's jonger."

Kan jy glo dat my vrou haar oë gerol het toe ek my swaer vra om vir my 'n Surefire G2 Nitrolon uit Amerika saam te bring? Hy's net so groot soos die Streamlight en net so helder, máár hy's van 'n "haas onvernietigbare" soort nylon.

Sy verstaan duidelik nie hoe belangrik 'n goeie flits is nie.

Ek en flitsligte kom 'n lang pad. Die eerste een wat ek kan onthou, is my oupa Koos se blink Eveready op die plaas – een met sulke riffels om die skag, amper soos 'n blikkie ertjies onder die papieretiket. Dit het altyd langs sy bed gestaan, saam met sy beige wolmus en gelaaide dubbelloophaelgeweer.

Selfs al was die batterye nog sterk, kon jy sweer die ligstraal het met 'n boog grond toe geskyn, só swak was dit. En as jy op 'n winderige aand na die sinkkleinhuisie toe moes gaan, half waansinnig van vrees vir Antjie Somers, was jy bang die wind waai die gloeilamp dood.

Daar was ook ander Eveready-flitse. My ouer broer het so 'n rooie gehad wat soos 'n spoorwegkosblik met 'n swart handvatsel gelyk het. Om die een of ander rede dink ek altyd aan 'n japon en pantoffels as ek daai flits voor my oë sien, al het nie ek of my broer ooit *slippers* gehad nie.

Ek onthou nog die eerste rubberflits wat ek teëgekom het. Die rubber se reuk was verslawend. Anders as sy flou lig. Ek dink die maatskappy se boontjietellers het bereken dit sal goedkoper wees om 'n flits te maak wat lekker ruik as een met 'n behoorlike ligstraal. Hy was swakker as daai fietslamp met die *dynamo* op jou voorwiel, selfs teen 'n steil bult uit.

My pa het altyd gebraai met so 'n swart aluminiumflits met plastiekringe aan die voor- en agterkant en 'n geel skakelaar. Ek dink hy't hom by OK Bazaars gekoop. Vrydagaande, wanneer die braaiery 'n kritieke punt bereik het, het die onafwendbare wekroep uit die donker gekom: "Waar's my toorts?!"

Vir dié wat nie weet nie: Daar is 'n verskil tussen 'n flits en 'n toorts. 'n Flits maak lig. 'n Toorts gee gemoedsrus; dis 'n emosionele kruk. Of daar nou siekte, dood of net 'n kragonderbreking is, jy wéét wat jy in jou toorts het.

Ek onthou hoe ons een jaar Suidwes toe is en daar by lampe geskiet is. My oom Derrick het 'n swart kollig uit die Land Cruiser gehaal. 'n Black Max. Een miljoen kerskrag sterk, het hy verklaar. Ek het gewonder hoe hulle dít meet. Steek hulle eers, sê maar, duisend kerse aan en laat skyn dan die kollig langsaan? Met die witjasse wat heeltyd verklaar: "Nee, manne, steek nog 'n paar kerse aan."

Hoeveel vuurhoutjies is nodig? En is die eerste kerse nie al uitgebrand as die miljoenste een aangesteek word nie? Of is dit baie lang kerse?

As jy tien jaar oud is, is hierdie die soort goed wat jou vrae laat vra.

Die jaar daarna was die Black Max weg. Daar was iets beters: 'n Blou kollig met 'n blou kol op die lens. The Blue Eye. Twee miljoen kerskrag sterk.

Ek was beïndruk.

Op die flitsfront was dit toe 'n paar jaar stil. Totdat ek as student aan een van daai verkoopstoere deelgeneem het. Ons was in die ou Wes-Transvaal. Schweizer-Reneke.

Vir diegene wat nog nie 'n slagoffer van 'n verkoopstoer was nie, dis wanneer 'n student met 'n sak vol goed by jou aanklop vir 'n "demonstrasie" van goed soos 'n rubberbesem, 'n kitsch muurhorlosie in die vorm van 'n anker, 'n veelsydige groentekerwer. En 'n pratende wekker. As jy in die nag wakker word, druk jy 'n knop bo-op die wekker, waarop 'n blikstem sê: "Two-sixteen." Dan hoef jy nie die lig aan te sit nie. Jy wéét dis 02:16 in die oggend. En as die wekker afgaan, kraai 'n geblikte hoenderhaan. "Oe, oe-oe-oeeeee!"

Een van die items in jou sak was 'n kollig wat jy by jou motor se sigaretaansteker kon inprop. "Een miljoen kerskrag!" is ons geleer om te sê, hoewel ons geen getuienis ter stawing gehad het nie.

Jy kon hom stel dat hy flikker én hy't so 'n rooi lens gehad wat jy bo-oor kon vasknip. "Vir noodgevalle," moes ons plegtig byvoeg. Watter vader en eggenoot kon nee sê vir só 'n emosionele pleidooi, veral as die oulike kinders in hulle pajamas sit en luister het, mooi in 'n kringetjie?

By een huis het die man begin lag toe ek hom van my kollig se deugde begin vertel. "Kom, daar is iets wat ek jou wil wys," het hy gesê.

In die garage haal hy toe 'n kollig uit 'n kabinet en skakel hom aan. Die kollig in my negosiesak het my skielik aan daai rubberflits uit my kinderdae laat dink.

"Wys my jou voorarm," het hy gesê. Gedweë het ek dit gedoen. Dit was sekondes, toe ruik ek hoe my armhare geskroei word.

"*Try* hom self!" het hy gesê, half manies. Toe vat ek hom. En ek sien die monteerstukke waarmee dié lig – saam met nog so een – voor op 'n motorbuffer vasgebout word. "As ek hulle snags nie betyds afskakel nie, begin die karre van voor af so snaaks oor die pad slinger," het hy met 'n laggie gesê.

Toe sien ek die woorde agterop die lig: "Boeing Aircraft Company. Landing Lights. Caution: Not for highway use."

Raai wat? Hy koop toe wragtag een van my kolligte. "Want ek soek iets as ek *langs* die kar wil sien."

My soort man.

Die anderdag loer ek op die internet na Surefire se webtuiste. Kan jy glo, hulle het 'n nuwe model! "Die kragtigste wat ons nóg aan burgerlikes te koop aangebied het! 'n Volle 2 000 lumens sterk! Net 85 word te koop aangebied! Net een per klant!"

Sy naam? The Beast.

Ek kan sommer sien hoe my vrou gaan kapsie maak oor sy prys van $2 900. Maar wat sy nié weet nie, is dat jy hom waarskynlik ook kan gebruik om 'n skaap op die spit te help gaar kry as die kole begin koud raak. Watter huis is volledig sonder The Beast?

Tog, noudat ek mooi daaroor dink: Ek mag dalk sewe flitse hê, maar wat ek eintlik kort, is 'n goeie ou *toorts*.

Biltong en transformasie

Dana Snyman

IN DIE STAD koop ek my biltong net by oom Tokkie le Grange se slaghuis in Rietfontein, maar nou die dag beland ek toevallig voor die biltongrak in 'n supermark. Dit was vir my nogal 'n skok, moet ek bieg.

Jy kry deesdae brandewyngegeurde biltong! En chilligeur. En tamatiegeur. En glo dit as jy wil, ook biefstukgeur – asof biltong nie van vleis gemaak is nie. Dalk is dit om die donkie- en ander verdagte vleissoorte wat glo soms gebruik word, effe te kamoefleer.

Jy kry selfs dekselse *hoender*biltong.

En dit kom in allerhande vorms: gekerf, gekap, gemaal – en in sulke plat skywe wat soos skaafsels lyk. Jy kry ook sogenaamde biltongstokkies wat nogal dodelik op daardie stopsel in jou tweede kiestand van agter kan wees. In party pakkies kry jy tot 'n gratis tandestokkie. (Dalk sal Rennies meer beteken.)

Daar is deelsdae 'n verbluffende verskeidenheid om van te kies. Maar die frustrerende ding is, jy kan nie soos in oom Tokkie se slaghuis jou eie stuk biltong uitsoek en daarvan proe, voordat jy dit koop nie. Op die pakkie – 'n verseëlde plastieksakkie wat jy gewoonlik met jou tande moet oopskeur – word sommer vir jou gesê hoe dit proe. In Engels.

"This recipe imparts a distinctly South African flavour that is unbeatably delicious," staan byvoorbeeld op die pakkie brandewyngegeurde biltong. "With marinating and drying, timing is everything, and our judgement is steeped in rich experience and a passionate love of biltong."

Boonop is dit polities-korrekte biltong. Die maatskappy wat dit gemaak het, het glo vooraf die beeste toestemming gevra om hulle te slag en biltong uit hul beste dele te sny en in brandewyn in te lê. Ek jok. Ek jok. Op die pakkie word wel aangedui dat die vleis van sogenaamde *"free-range"* beeste is en dat geen preserveermiddels bygevoeg is nie.

Dit beteken die beeste kon sorgeloos in die veld wei totdat hulle een goeie oggend ietwat oorbluf na die slagpale geneem is om doodgeskok, opgesny en met deernis tot biltong verwerk te word.

Nie dat biltong in die ou dae vir barbare was nie. Nooit ooit nie.

Dit is nie vir my nodig om die rol en status van biltong in die Suid-Afrikaanse kultuur uiteen te sit nie. Soos 'n brosjure van die destydse Vleisraad dit gestel het: "Suid-Afrikaners is 'n biltongetende nasie."

Elke Suid-Afrikaner het sy eie voor- en afkeure wanneer dit by biltong kom: Party hou daarvan klammerig. Met vet. Of sonder vet. Ander wil dit weer só droog hê, sodat jy dit nie in skyfies kan sny nie, maar met 'n hamer op 'n oopgevoude koerant op die kombuistrappe moet fyn kap.

Maar almal stem saam dat jy biltong – nat of droog – moet eet as jy rugby kyk.

Ek glo weer jy kan nie die langpad aandurf sonder 'n papiersak biltong nie. Dit is die perfekte langpad-versnapering: dit mors geen krummels nie, dit smelt nie, en as jy 'n lekker taai stuk springbokbiltong het, kan jy daarop vasbyt as Kurt Darren se liedjie "Meisie Meisie" oor die radio gespeel word.

Ek verkies beesbiltong. Klammerig en sonder vet en ja, dit moet in 'n papiersak wees – een wat al hier teen die tweede dag op die langpad vol vetkolle is waar jy dit in die holte tussen die twee sitplekke bêre. Biltong sweet in 'n plastieksak en word dan galsterig, glo ek.

Oom Tokkie laat jou toe, soos dit 'n goeie slagter betaam, om jou eie stuk biltong te kies – en hier het elke ou ook sy eie teorie. Die stuk wat ek kies, moet nooit te dik wees nie; jy weet nooit of daar dalk 'n sening êrens skuil nie.

BILTONG HET OOK vir my 'n ander assosiasie met die langpad: Toe ek 'n kind was, het ons elke winter – gewoonlik in Junie – na Oupa en Ouma op die plaas in die Bosveld gegaan, om te gaan bees slag. Dan is daar biltong en wors gemaak en vleis opgesny en in plastieksakkies gepak, waarop Ouma sulke plakkers geplak en met 'n filtpen gemerk het: *T-been, rump, brisket,* sopvleis.

Ek sal daardie tye nie vergeet nie.

Oupa het vroegoggend kraal toe gestap met die .22 oor sy skouer, waar die bees wat die vorige dag in die veld uitgesoek is, geduldig, gedienstig en gedweë gewag het. (Hulle het toe al *free-range*-beeste geslag, maar die Bosvelders het nog net nie 'n naam daarvoor uitgedink nie.)

Ek wou nooit kyk hoe skiet Oupa die bees nie.

Die volgende oggend het die karkas in die koel slagkamer onder die mopanieboom gehang, sodat die vleis eers "bietjie ryp kan word".

Ouma het dan oor die werf vir Mieta, een van die vier vroue wat by haar in die huis gewerk het, geskreeu: "Miett-aaa! Loop maak toe die honde in die stoor! Hulle is weer mal vanmôre."

Die werfhonde het heel beserk geraak wanneer daar geslag word.

Ouma was altyd in beheer van die vleiswerkery. Met haar blou-en-wit ACVV-voorskoot aan het sy daar tussen die tafels voor die slagkamer rondgestap en opdragte uitgedeel in haar pantoffels met die knoppe hier langs die kante waar haar *bunions* was: "Nee wat, daai ou vleisies moet eerder maalvleis word, *steak* sal dit nooit kan wees nie."

Of: "Mensig, die wêreld is weer vervuil van de vlieë vandag. Miett-aa! Loop sny 'n tak daar van die boom af en kom waai die vlieë van die vleis af weg!"

Pa en Oupa het gewoonlik die biltong gesny, elkeen op 'n broodplank op die kombuistafel met die groen melamienblad wat uit die huis gedra is.

Altyd wanneer Pa iets met sy hande doen en hy konsentreer hard, fluit hy saggies Psalm 139: "Nader my God by U." Pa het dikwels Psalm 139 gefluit wanneer hy en Oupa daar met hul skerpgeslypte Joseph Rodger-messe staan en biltong sny het.

Langs die tafel het 'n groot sinkbad gestaan waarin die biltong gegooi is, nadat Ouma speserye daaroor gestrooi het. Die speserye, wat sy in 'n Consol *canned fruit*-bottel gehou het, was Ouma se eie mengsel – en sy het jaloerser oor daardie resep gewaak, as pres. George W. Bush se lyfwagte oor die tassie met die lanseerkode vir die atoombom.

Die biltong het daarna eers vir nog 'n nag in die sinkbad gelê; die volgende oggend baie, baie vroeg het ons teruggery huis toe met daardie sinkbad en die ander vleis in die sleepwaentjie agter ons motor.

By die huis is die vleis dadelik in die vrieskas gepak en dan moes ek Pa help om die biltong op te hang in die garage aan sulke lang drade wat hy tussen die balke gespan het.

Die draadhakies waaraan die biltong gehang het, het Pa ook self met 'n tang in sulke S-vorms gebuig. Vir die eerste paar dae wat die biltong daar gehang het, het hy nie die motor in die garage parkeer nie.

BILTONG WAS DESTYDS nog 'n skaars item. Dit klink nou ondenkbaar, ja, maar eens op 'n tyd, nie te lank gelede nie, kon jy nie sommer op enige plek in Suid-Afrika biltong koop nie.

Dikwels moes jy self jou bees of jou wildsbok skiet en jou biltong maak.

Jy het ook nie biltong heeljaar gekry nie. Biltong was 'n winterding. Jy het elke jaar op min of meer dieselfde tyd op dieselfde plaas gaan jag of 'n bees gaan slag vir jou biltong.

En jy het jou biltong met 'n spesifieke plek geassosieer, amper soos lemoene met Zebediela, appels met Grabouw en verkeersirkels met Welkom. Springbokbiltong, het my pa geglo, moet van die Karoo af kom, want die Karoo-bossies wat die bokke eet, het glo die vleis meer geurig gemaak. Ons koedoebiltong, weer, het van net een plek af gekom: Oom Danie Wepener se plaas Veldduin in die Grootfontein-distrik in Namibië, want, wel... oom Danie het elke jaar toegelaat dat Pa vir hom 'n koedoe of twee gaan skiet – gratis.

En wanneer die biltong droog was, het Pa dit in 'n meelsakkie gebêre, wat sulke knoppe gemaak het soos die stukke biltong die sakkie druk.

Daar is nie sommer enige tyd biltong geëet nie. Dit moes 'n spesiale okkasie wees: 'n rugbytoets, of familie van ver wat kom kuier, of Donderdagaande waneer *Rich Man, Poor Man* oor die TV was, die sosiale hoogtepunt van ons week. Dan sou Pa die meelsakkie uit die spens gaan haal, en sê: "Seun, bring vir jou pa die biltongsnyer."

Die biltongsnyer. Pa het ons s'n self ontwerp. Ek vermoed hy het vooraf 'n studie gemaak van die valbyle wat tydens die Franse rewolusie gebruik is, want ons s'n het na 'n miniatuur-valbyl gelyk. Oom Jurie Smit, 'n passeren-draaier, het hom gemaak – van *panser*staal. Pa het almal graag daarop gewys dat dit panserstaal is, amper asof ons biltongsnyer 'n belangrike bydrae gelewer het tot die beveiliging van Suid-Afrika.

Op min gebiede, glo ek, het Suid-Afrikaners al soveel oorspronklikheid getoon as met die ontwerp van biltongsnyers. En elke ou glo sy patent is die beste. Op skool kon jy selfs as deel van metaalwerk jou eie biltongsnyer maak as deel van die sillabus.

Daar was ook allerhande biltongsnyers wat jy kon koop.

Een was die sogenaamde *meat master*. Een jaar het 'n verkoopsman in 'n wit safaripak 'n *meat master* op ons plaaslike landbouskou verkwansel. En toe hy 'n demonstrasie van dié masjien gee – die *meat master* kon allerhande ander goed ook doen – het omtrent meer mense opgedaag as wat by die Drakensbergse seunskoor se konsert in die stadsaal was.

DAAR WAS DESTYDS geen sprake van biltong in kafee's en supermarke en padstalle soos nou nie. Langs die pad op pad na Ventersdorp het ek onlangs 'n kêrel gesien wat 'n biltongwinkeltjie in 'n ou Sprite-woonwa ingerig het, met 'n groot kennisgewing wat lees: "Die beste biltong in Suid-Afrika".

Hy verkoop onder meer biefstukgeur-biltong.

Dit voel vir my net nie reg nie. Party dinge moet 'n mens respekteer net soos hulle is. Waarom kan biltong nie net biltong bly nie?

Ek glo biltong – of die mense wat biltong maak – het tans 'n identiteitskrisis, en dit pla my. Waarom al die foefies?

Jy dra nie jou WP-serp kerk toe nie. Jy speel nie die Blou Bul-lied op Nuweland nie. Jy vertel nie grappies in die appèlhof in Bloemfontein nie. Jy sê nie vir Madiba of F.W. de Klerk "Howzit my china" nie.

Ek het nou die dag 'n hele ruk voor daardie biltongrak in die supermark gestaan. Toe het ek geloop. Sonder om iets te koop.

Biltong behoort biltong te bly.

Só speel jy 'n wegwedstryd vir die Vierdes

Dana Snyman

ONS WAS EINTLIK maar 'n hopelose klomp, ons wat vir ons hoërskool se vierde rugbyspan gespeel het. Flip Momsen, onthou ek, was die losskakel. Eddie Scholtz en Boenas was die slotte, en ek die haker.

Ou Bees, ons biologie-onderwyser, was veronderstel om ons af te rig, maar eintlik het hy maar net Dinsdag- en Donderdagmiddae met 'n fluitjie agter ons aan gedraf en nou en dan, as hy nie te uitasem was nie, vir ons voorspelers geskreeu: "Gee rug en pak saam, bulle! Pak saam!"

Vir die agterspelers was sy raad: "Een tree, en *pass*. Een tree! Één tree!"

Soms wonder ek waarom ek ooit rugby gespeel het. Talent vir die spel het ek beslis nie, en vir roem het ek dit ook nie gedoen nie: Ons het op die C-veld, ver weg van almal af, geoefen en ons wegwedstryde is altyd êrens op 'n paviljoenlose, verdorde agterveld naby die skool se skietbaan gespeel.

Ek dink ek het maar gespeel omdat dit my die kans gegee het om soms 'n Saterdag uit die koshuis te kom en die wêreld 'n bietjie te sien. Ellisras, Warmbad, Settlers, Pietersburg – op sulke plekke het ons gaan speel.

Ons het altyd met die skoolbus gery, 'n ou, groen International met die skoolwapen teen die kante geverf, asook die skool se leuse: Waak en Werk.

Sal ek ooit daardie Saterdagoggende vergeet? Dit was gewoonlik nog donker as ons in die bus geklim het. Tog was dit nie sommer net vir inklim nie – 'n sekere rangorde het gegeld. Vuilbeen, Boenas, Jan Koster en Boesman Pretorius het op die heel agterste bank gesit. Hulle was rowwe ouens wat Winstons gerook en die name van popgroepe soos AC/DC en Black Sabbath op hulle toksak geskryf het.

In die volgende ry het die rowwe ouens gesit wat meisies gehad het: Eddie Scholtz en sy meisie, Driekie Seegers; Piet Skyfies en Koekie Ahlers.

En dan het die ouens gekom wat graag rof wou wees – ouens soos ek en Momsen, wat maar gesukkel het om 'n Winston se rook in ons longe te kry en eintlik meer van The Four Jacks and a Jill gehou het as AC/DC.

En al het ek en Momsen ook oopmond Chappies gekou soos Vuilbeenhulle, wou die netbalmeisies, wat ietwat verskrik in die middel van die bus gesit het, nie vir ons val nie.

Heel voor, reg agter oom Arrie, die busdrywer, het Tienie Tol gesit, wat musiek as skoolvak gehad en as vlagman saamgegaan het.

As die bus teen die bult by die vendusiekrale uitgesukkel het, kon jy nie die dorp se liggies sien nie, só het daardie ou International rook uitgeblaas, terwyl Piet Skyfies vir Koekie oopmond soen op die tweede sitplek van agter af.

Op Naboom het oom Arrie gewoonlik vir ons by George se bakkery stilgehou. George se brood was daardie tyd van die oggend nog warm. Ons het elkeen 'n witbrood en 'n halwe liter melk gekoop; en terug in die bus het Boenas en Vuilbeen gewoonlik elkeen twee Crunchies uit hulle broeksak gehaal wat hulle van George se rakke gevat het sonder om daarvoor te betaal.

ONS HET GEWOONLIK die oggend hier tienuur, elfuur se kant gespeel, net ná die o/15B's.

Momsen het geglo hy is eintlik Cravenweek-materiaal wat in die eerste span hoort.

Elke vierde span wat sy sout werd is, het ten minste een só 'n speler – een wat glo as sy pa ook in die skoolraad was en sy ouer broer het nie die vorige jaar amper handgemeen geraak met 'n onderwyser nie, sou hy ook vir die eerstes uitgedraf het. Momsen was ons s'n. Daarom was hy sommer die kaptein ook – 'n baie begeesterde een.

"Ek soek julle in die kleedkamer, *boys*," het hy gewoonlik so 40 minute voor die begin van 'n wedstryd gesê, al het ons nie regtig 'n kleedkamer nodig gehad nie. Ons het klaar ons trui, broek, kouse en *knee guards* aangehad die oggend toe ons in die bus geklim het. (Ek weet nie, miskien was dit 'n onbewustelike soeke na simpatie, maar byna elke ou in ons span het minstens een *knee guard* gedra. Dit was deel van jou basiese mondering.)

Momsen het gewoonlik maar gesukkel om ons bymekaar te kry, want 40 minute voor die wedstryd het meer as die helfte van die span nog êrens agter 'n kleedkamer, tennismuur of die skietbaan gestaan en rook. Net vyf van ons, onder wie Bees, die onderwyser, het nie gerook nie.

Wat onthou ek die beste van Momsen se spanpraatjies? Die reuk van Deep Heat – die wonderlike, soet, nostalgiese geur van Deep Heat.

Die Franse skrywer Marcel Proust het in die laat negentiende eeu op 'n dag 'n madeleine-koekie geëet wat toe soveel herinnerige uit sy verlede in hom opgeroep het dat hy 'n boek van meer as duisend bladsye daaroor geskryf het: *Remembrance of Things Past*.

Die reuk van Deep Heat sal my sommer dieselfde laat doen.

Dit maak nie saak waar ek is nie, as ek Deep Heat ruik, staan ek opeens weer in daardie kringetjie met my *knee guard* aan, tussen Boenas en Jan Koster, terwyl Momsen goed sê soos: "Onthou net een ding, *boys*, hulle is net so bang soos ons." Of: "*Boys*, ons moenie toelaat dat hulle hulle speelpatroon op ons afdwing nie." Nie een van ons het eintlik verstaan wat dit beteken nie, maar het nogtans instemmend geknik.

Momsen het vooraf ook baie gewroeg of ons eerste moet afskop as hy die loot sou wen. Hy het ook altyd gesê: "Julle moet vandag als gee, *boys*. Ek het gehoor Die Beer gaan kom kyk hoe ons djol."

Daar was altyd 'n gerug dat Die Beer, ons skoolhoof, na een van ons wedstryde sou kom kyk. Maar Die Beer het nooit sy opwagting gemaak nie.

Kort voor die wedstryd het ou Bees wel opgedaag, maar hy het nie veel gesê nie. "Bulle, onthou net wat ons op die oefenveld gedoen het," was gewoonlik sy enigste raad. Soms het hy 'n bietjie ekstra taktiese advies gegee: "Maak hulle eers sag voor, bulle, en speel dan die bal wyd."

Dan, net voor ons moes opdraf, het Momsen 'n gebed gedoen waarin hy die Here gevra dat ons nie moet seerkry nie. Soms het hy ook subtiel geskimp dat die beste span moet wen, en dat dit tog ons moet wees.

EK WIL BIEG oor iets waaroor ek nog altyd stilgebly het. Ek, die haker – die man wat die bal by die lynstane moes ingooi – het nooit ons span se lynstaantekens verstaan nie. Dit was altyd 'n spul syfers wat Vuilbeen, die agsteman, geskreeu het. "Agt! Sestien! Vyf! Drie!" Of: "Agtien! Twaalf! Vyf! Sewe!"

Dan moes ek gou, met behulp van 'n formule wat Vuilbeen self nie heeltemal verstaan het nie (dit was sy tweede jaar in st. 8), bereken op wie ek die bal moes gooi. Ek het die bal sommer maar altyd hier iewers in die middel van die lynstaan gegooi.

Die skrums was minder ingewikkeld. Kiewiet, ons skrummie, het net geroep: "Vories, die bal kom . . . jaaaaa!" Dan moes ons stoot. Maar die pak het meestal net so in die skrumformasie gestaan en rus.

Agterlangs was dinge ook taamlik eenvoudig. Die mees gevorderde agterlynbeweging was 'n skêr of selfs 'n fopskêr. 'n Oorslaanaangee was bloot 'n toevallige flater.

Snaaks: Ek kan nie onthou watter wedstryde ons gewen en watter ons verloor het nie. Of, nee, ek jok: Teen Tom Naudé Tegnies het ons ver verloor.

Tien minute voor die einde van die wedstryd, terwyl ons reeds met iets soos 47-0 agter was, het Tienie Tol, ons immer entoesiastiese vlagman, in 'n hoë stemmetjie van die kantlyn af geskreeu: "Doen iets onverwags, ouens! Doen iets onverwags!" Dit onthou ek.

Kort daarna het Buys, ons linkervleuel, toe wel iets onverwags gedoen: Hy het die bal met 'n oop doellyn *raak*gevang en gaan druk. Gewoonlik het Buys sulke balle misgevang.

Elke goeie vierde span het ook mos só 'n vleuel – een met verbysterende vaart, maar baie swak hande. Elke goeie vierde span het ook 'n speler wie se pa of ma soms tydens wedstryde op die veld storm en dreig om die skeidsregter of een van die ander span se spelers aan te rand. Vuilbeen se pa het dié rol vir ons vervul.

Eenkeer het hy vir 'n skeidsregter geskreeu: "Man, ek sal jou fluitjie so diep in jou gat opdruk dat nie eens dr. Conrad Brand hom sal uitkry nie, oukei!"

Was dit toe ons teen Warmbad gespeel het? Ek is nie seker nie.

In my lessenaar se onderste laai het ek nog 'n foto van daardie vierde span van ons. Soms haal ek dit uit en kyk daarna.

Een ding van daardie foto tref my altyd: Ons almal glimlag daarop.

Ons almal glimlag.

DIE SKRYWERS

BUN BOOYENS

Bun is redakteur van *Weg*. Ná Joernalistiekstudie op Stellenbosch was hy videoredigeerder by die SAUK. Hy was ook 'n jaar op Antarktika as deel van die navorsingspan daar.

Daarna werk hy by *Die Burger* as omgewingsverslaggewer; as kommunikasiehoof van die Wêreld-Natuurfonds (SA) en as lektor in joernalistiek by Maties voor sy aanstelling as assistentredakteur by *Die Burger*. Hy besoek onder meer Rusland en doen verslag oor Mark Shuttleworth se besoek aan die ruimte.

Bun woon op Stellenbosch, gaan draf gereeld met sy hond, en het verlede jaar – op die ouderdom waarop swaargewig-boksers gewoonlik 'n hertoetrede tot die kryt maak – pa geword van 'n laatlam-seun. Hy het die laaste twee jaar die Meiringspoort-halfmarathon suksesvol afgelê – ondanks die feit dat hy beide kere tydens die wedloop geval het.

Hy vat graag die langpad met sy BMW-motorfiets, bekend as die Geel Kameel.

DANA SNYMAN

Dana is *Weg* se reisredakteur. Sy opdrag: Ry op agterpaaie, soek ongewone plekke en gesels met interessante mense.

Dana is op Stellenbosch gebore, maar het tydens sy grootwordjare van die een plattelandse dorp na die ander getrek. "My pa was 'n predikant, en elke vier jaar het Die Gees hom opgeroep na nuwe horisonne, soos Grootfontein in die ou Suidwes en Daniëlskuil in die Noord-Kaap," vertel hy.

Dis dan ook dorpies soos dié wat die agtergrond vorm van die meeste van Dana se rubrieke vir *Weg*. Hy ken die platteland en sy karakters soos min joernaliste in Suid-Afrika.

Dana het joernalistiek gestudeer aan die Pretoriase Technikon (nadat sy loopbaan as veiligheidswag en skakelbordoperateur by Sterland in Pretoria nie na wense gevorder het nie). Hy is aangewys as beste finalejaarstudent.

Dana het sy loopbaan as joernalis by *Die Laevelder* op Nelspruit begin, daarná was hy 'n misdaadverslaggewer by *Beeld* en 'n verslaggewer by *Huisgenoot*.

Hy woon in Pretoria en het die Comrades-marathon al drie keer voltooi.

JACO KIRSTEN

Jaco het as Puk 'n graad in B.A. bedryfskommunikasie behaal (nadat hy sy studies vir 'n rukkie onderbreek het om 'n brandweerman te word).

Daarná was hy onder meer 'n joernalis by *Volksblad* in Bloemfontein, 'n veiligheidswag in Liverpool, Engeland, 'n polisverkoper by Sanlam en 'n kopieskrywer by 'n advertensiemaatskappy.

Sedert 2000 was Jaco *Die Burger* se motorredakteur en in 2005 het hy by *Weg* begin as artikelredakteur. Hy is pas aangestel as assistant-redakteur van die nuwe Afrikaanse motortydskrif *TopMotor*.

Jaco woon in Kaapstad. Sy gunsteling-tydverdryf is om naweke grondpaaie met sy motorfiets te ry. Hy hou ook van jag en kosmaak.

ALBERTUS VAN WYK
Albertus – op kantoor bekend as Ali – het 'n kleurryke CV. Hoeveel mense ken jy wat vir die Kanaries gesing het én teen die legendariese Joggie Jansen rugby gespeel het? (Ali, wat minstens 30 jaar jonger as Joggie is, beweer dié wedstryd het op Fauresmith plaasgevind.)

Ali het joernalistiek op Stellenbosch geswot en was onder meer redakteur van die kampuskoerant, *Die Matie*. Hy het sy loopbaan as radioverslaggewer vir *Monitor* begin en was adjunkredakteur van *Farmer's Weekly*, voordat hy in 2005 as artikelredakteur by *Weg* begin het.

Hy bly in Bellville en bestee sy vrye tyd daaraan om sy 1970's Kombi-*camper* aan die loop te hou. Sy rubriek "Die opkoms en heengaan van die V6-Kombi" is een van dié wat die meeste reaksie nog by *Weg* se lesers ontlok het.

WILLEMIEN BRÜMMER
Willemien speel weekliks vir *Die Burger* Oop Kaarte. Haar opdrag? Om die storie agter nuusmakers uit te snuffel en hulle in al hul broosheid aan die leser voor te stel.

Willemien wou oorspronklik 'n feetjie word, maar toe dit nie wou vlot nie, het sy drama gestudeer op Stellenbosch. Oorkant die straat was die joernalistiek departement, waar sy 'n tweede honneursgraad voltooi. Sy het in 1999 by *Die Burger* begin werk, waar sy sedert 2004 verantwoordelik is vir *Oop Kaarte*.

In haar vrye tyd sing Willemien opera, kap knoffel en skryf kortverhale. Sy wil vir altyd en ewig op die familieplaas op Ladismith gaan woon en 'n lewe maak van skryf en spoke vang.

PIET GROBLER
Piet het die rubriek geskryf wat aan dié boek sy naam gee: "Waar die leeus Afrikaans praat".

Piet bestempel homself as "deur en deur 'n natuurmens". As jy 'n vraag oor 'n boom of 'n slang het, sal hy jou waarskynlik kan antwoord.

Hy woon en werk in Phalaborwa, waar hy die bestuurder van wetenskaplike dienste is by Lepelle Northern Water, wat water aan 'n groot deel van die Limpopo-provinsie voorsien.

DANIE MARAIS
Danie is gebore op Morgenzon in die destydse Oos-Transvaal, maar het die land saam met sy landdros-pa en ma deurkruis. So het hy op Gobabis beland, waar sy rubriek ("Op grondpad moet die klippe 'Ketang! Ketang!' sê") afspeel.

Hy het in die regte studeer en in 1996 afgetree. Danie woon tans in Kaapstad, waar hy soms nog as assessor in die Kaapse Hooggeregshof sit.